박물관의
글쓰기

일러두기

-이 책은 국립중앙박물관 전시 용어 개선 사업에 참여한 여러 필자의 원고를 재구성했다.

-3부에서 설명하는 어문규정과 문법은 국립중앙박물관 전시용어 개선 사업을 위하여, 국립중앙박물관과 (사)국어문화원연합회가 공동으로 작성한 〈전시 안내문 감수 지침〉의 사례를 활용하였다.

-본문에서 전시 패널, 설명문 등 박물관 구성원들의 다양한 글을 예시로 활용하였으며, 교정·감수에도 많은 분이 도움을 주셨다.

박물관의 글쓰기

전시의 처음부터 끝까지 필요한

글쓰기에 관하여

국립중앙박물관·국립박물관문화재단 기획

박물관 글이
문제라고요?

웅~ 웅~ 울려대는 카톡.

슬쩍 보니, "박물관 속 우리말이⋯⋯" 어쩌고저쩌고 쓰인 게 보인다.

하던 일 마무리해놓고 봐야지 했더니 울리는 전화.

"봤어요?"

급한 일인가 보다.

내가 근무하고 있는 부서는 유물관리부로 소장품을 관리하는 부서지만 학예연구실 업무 전체를 총괄하는 역할도 하고 있다. 다소 생소하게 느껴질 수 있는 '학예(學藝)'란 학문과 예술을 가리키는 말이니, '학예연구실'은 고고학, 인류학, 미술사학, 역사학 분야에 속하는 문화재를 조사·연구·전시하는 부서를 말한다. 국립중앙박물관의 학예연구실은 유물관리부, 고고역사부, 미술부, 세계문화부, 보존과학부로 구성되어 있다. 국·공립 박물관의 학예연구사를 마치 큐레이터와 비슷하게 생각하지만, 엄밀히 말하면 전시를 기획하는 큐레이터와는 조금 다르다. 왜냐하면 국내에서 학예연구사는 일반적인 큐레이터의 업무에 더하여 조사와 연구, 때로는 문화유산의 관리와 교육, 관련된 행정에 이르기까지 더욱 폭넓은 범위의 업무를 다루는 경우가 많기 때문이다.

아무튼 학예연구실에서 업무 총괄을 맡고 있는 나에게 이렇게 급하게 오는 연락은 분명 그리 유쾌한 일은 아닐 것이다.

느낌이 좋지 않다.

아니나 다를까, 박물관 글이 잘못되었다는 보도에 관한 것이었다. 심지어 이 보도는 연초부터 연재되고 있는 것으로, 연말까지 계속 박물관의 실수를 지적하겠다는 기획 기사였다.

연재 보도할 만큼 박물관 글이 그렇게 문제라고?

나름 얼마나 생각하고 쓰는 건데!

예민함을 한껏 세우고 최대한 방어적 태도로 기사를 읽기 시작했다.

'박물관이 살아 있으려면 관람자와 전시물 사이에 진정한 소통이 이루어져야 하겠지요.' (그렇죠)

'안내에 금지와 불가보다 더 친절한 표현은 없을까요?' (있죠)

'도통 알 수 없는 전시품 명칭을 더 쉬운 말로 써주면 안 될까요?' (어렵긴 어렵죠)

'전쟁은 꼭 발발한다고 써야만 할까요?' (아……아니죠)

읽으면 읽을수록 반박할 수 없는 내용에 그저 할 말을 잃을 뿐. 내용 중에는 칭찬도 있었다. 국립춘천박물관 구석기시대 전시품 설명 중에 미는 데 쓰는 것을 '밀개'로, 긁어내는 데 쓰는 것을 '긁개'로 표현한 것이 참 좋고, 재료를 얇게 베어내는 것을 요즘 "슬라이스 한다"고 표현하는 사람들이 참 많은데 '저미다'라고 표현한 말에 마음이 머문다고 했다.

맞다. 박물관이 늘 어렵고 권위적인 학술적 단어만을 고집해온 건 분명 아니다. 오래된 것들이 전시되고 보관된 곳이라서 그런지, 아니면 학창 시절 우리 역사와 문화를 배우러 오는 장소라는 생각이 각인되어서인지, 박물관 하면 좀 어렵고 딱딱하다는 인상이 쉽게 바뀌지 않는 것 같다. 하지만 내부의 직원들은 항상 고민한다. 어떻게 하면 전문적인 용어들을 쉽게 바꾸고, 내용을 좀 더 재밌게 쓸 수 있을지 말이다.

박물관 사람들의 고민이 담긴 첫 성과물, 『국립중앙박물관 전시품 명칭 용례집』

이런 박물관 사람들의 고민이 담긴 첫 성과물이 2015년에 발간된 『국립중앙박물관 전시품 명칭 용례집』이다. 이 책에는 당시 국립중앙박물관 상설 전시실에 전시 중인 소장품들의 한글과 한자, 영문 명칭을 수록해 놓았다. 전문적인 소장품 명칭을 최대한 쉽게 풀어쓰고 이를 전시실에 적용하도록 한 것인데, 아래의 예를 보면 학계에서 일반적으로 쓰는 전문 용어들이 어떻게 바뀌었는지 알 수 있다.

　석촉 ⇒ 화살촉
　지석묘 ⇒ 고인돌
　어망추 ⇒ 그물추
　장신구 ⇒ 꾸미개

　또한 이 책에 시대 명칭과 같은 전시 관련 용어들, 전시 설명 카드 작성 기준, 국어의 로마자 표기법 등도 실었다. 한국을 대표하는 문화기관이자 국립기관으로서 일관성 있고 어법에 맞는 설명문을 작성하도록 하기 위해서였다.

　2018년에는 국립국어원과 국어 전문가, 역사 교사에게 의뢰하여 중앙박물관을 비롯한 지방 13개 국립박물관 설명문 전체에 대한 의견을 받았다. 이 과정에서 어문학적·역사적 그리고 소장품 중심의 연구자 입장 간 시각차를 줄이기 위한 노력의 필요성을 절감하기도 했다.

　이처럼 박물관이 여러 가지 노력을 하고 있다고 생각했지만 기사를 읽다 보니 한편으로는 여전히 갈 길이 멀다고 느꼈다. 이 정도면 괜찮을 거라는 막연한 생각은 혼자만의 위로에 불과했던 것인가? 여전히 많은 관람객이 박물관에서 한자투성이 글들을 보고 어렵다고 느낀다면, 그 기준을 '우리'가 아닌 '관람객'으로 바꿔야 하지 않을까? 그렇다면 우리는 먼저 무엇을, 어떻게 해야 할까?

박물관 사람들은 결단을 내렸다

우리는 박물관 글에 문제가 있다고 쓴소리를 내기 시작한 곳에 직접 물어보기로 했다. 공공 언어를 바로잡기 위해 신문사 연재 사업을 진행하고 있는 곳은 사단법인 국어문화원연합회였다. 그 당시까지만 해도 국어문화원연합회가 어떤 곳인가 잘 몰랐는데 전국에 있는 국어문화원을 효율적으로 지원하고 공공 언어 개선 사업을 체계적으로 수행하기 위해 이제 막 사단법인으로 출범한 기관이었다.

거절에 익숙지 않은 사람이라 몹시 떨리는 마음으로 연락했는데 연합회는 쉽고 바른 공공 언어 사용을 위한 일이라면 무엇이든 좋다고 박물관의 손을 흔쾌히 잡아주었다. 바른 말 사용을 지향하는 국어문화원연합회와 전문 용어가 많은 국립중앙박물관 간의 어색한 만남. 2020년부터 2년간 함께 설명문에 대한 윤문·감수를 진행하면서 때론 서로 좁히기 힘든 부분들도 있지만, 그럼에도 더 나은 방향 모색을 위해 계속 논의를 이어갔다.

무엇보다 이 사업에 참여했던 학예연구사들은 글을 쓰면서 다른 시각을 가지고 한 번 더 숨 고르기를 하게 되었으니, 그 자체로도 큰 성과이자 의미가 있는 일이었다. 이 글을 쓰면서도 한자어를 많이 쓰는 것은 아닌지, 잘못된 어법은 없는지, 윤문·감수를 받아야 하는 건 아닌지 고민하는 나 자신을 발견하게 되니까 말이다.

　이 책에서는 현재까지의 논의와 입장에 따른 시각차, 지켜야 할 원칙들을 가감 없이 풀어보고자 한다. 박물관에서 글을 쓸 때 학예연구직들이 어떤 고민을 하고(1부), 전시에 필요한 다양한 종류의 글쓰기 방법과(2부), 공공 언어로 꼭 지켜야 하는 기본 원칙은 무엇인지(3부), 박물관 글쓰기가 지향해야 하는 집필 원칙과(4부), 업무에 도움이 될 만한 정보를 어디서 얻는지(5부), 학예연구직들이 가장 많이 실수하는 부분이 무엇인지(Q&A), 사업 과정에 직접 참여한 학예연구사, 윤문·감수 전문가의 생생한 증언을 바탕으로 정리했다. 또한 6부 실전 연습을 통해 현장에서 필요한 글쓰기의 체험을 풍성하게 구성했다.

차례

1부 박물관 글이란 무엇일까

2부 박물관 글, 어떻게 쓸까

3부 정확하게 쓰는 것은 기본이다

4부 원칙도 살리며 쉽고 재미있게 쓰는 기술이 있다

5부 궁금할 땐 어떡하죠

6부 한번 써볼까요

1 생각보다 생각할 것이 많은 박물관 글

박물관의 학예연구직은
다양한 원고를 쓴다

학예연구사는 소장품과 전공 분야에 대한 전문적인 연구를 진행하는 사람이다. 학술 논문을 쓰는 연구자이기도 하고, 상설전시와 특별 전시를 위한 전시 원고는 물론 설명 카드, 도록용 원고를 쓰는 큐레이터 일을 하기도 한다. 때로는 기자와 언론을 상대로 박물관의 전시와 연구 조사, 행사를 홍보하는 보도 자료를 쓰며, 전시 영상물의 스크립트와 자막용 원고, 오디오 가이드용 원고를 쓴다.

학술 정보나 전문적인 주제를 다루는 박물관의 글은 에세이·소설·시 등과 같은 문학 작품의 글과는 서로 목표하는 바가 다르다고 생각할 수 있다. 하지만 지식과 정보를 전달하는 글도 독자에게 지적 호기심을 충족시킬 뿐만 아니라 감동을 줄 수 있다. 예를 들면 인디라이터(Independent Writer)들의 인문 교양서가 이에 해당한다. 그들은 문학 작가는 아니지만 전문 분야의 깊이 있는 지식을 일반 독자들에게 쉽고 감동적으로 전달한다. 그들의 글쓰기는 학예연구사들에게 좋은 본보기가 될 수 있다.

좋은 글과 문장을 자주 접할수록 좋은 글을 쓰고 싶은 욕구와 의지가 커질 확률이 높다. 지식과 정보, 생각과 성찰을 잘 전달하기 위해 고민하고, 전달을 가로막는 요인을 따져보며 더 나은 글을 쓰기 위해 고민하는 시간은 분명 글을 쓰는 데 도움이 된다.

박물관의 글쓰기는
흔하게 다뤄지는 주제는 아니다

박물관의 글쓰기도 일반적인 글쓰기처럼 바르고 좋은 글이 담보해야 할 공통된 요건과 원칙을 따른다. 하지만 그 목적과 방향에서 명확히 구별되는 점이 있다. 이 책에서 다루는 '박물관의 글'이란, 박물관 사업의 일환으로 생산되는 글을 가리킨다. 큐레이터 개인의 논문이나 저작은 해당되지 않는다. 연구자 개인의 논문은 논지의 옳고 그름이나 신뢰성에 대해 저자 개인이 책임을 지지만, 박물관이 기획한 전시와 발간하는 책은 그렇지 않다. 책의 원고, 보도 자료, 누리집 등에 수록된 글은 개인의 것이 아니다. 그렇기에 더 큰 책임이 따른다.

2020년 코로나가 시작되기 이전 기준으로 박물관의 연평균 관람객은 330만 명이었다. 상설 전시관을 찾은 관람객뿐 아니라, 온라인 이용자까지 관람객 범위를 확대해 생각해보면 그야말로 많은 이들이 학예연구사의 글을 만난 것을 알 수 있다. 원고를 쓴 이는 개인이지만, 한번 만들어진 글은 더 큰 생명력을 얻어 세상으로 나간다. 개개인이 쓴 글은 유물을 보는 한 연구자의 관점인 동시에 그 해당 시점의 박물관이 생산해낸 공적인 기록이다. 누구보다 그 사실을 잘 알기에 학예연구사는 조금 더 나은 글을 쓰기 위해 노력한다.

② 공공 정보로서의 신뢰성을 지켜야 한다

유물(遺物)은
남겨진 물건이란 의미다

박물관은 형태를 지닌 물건의 역사를 연구한다. 역사적 기록과 유물의 연관성, 과거의 기술과 재료뿐 아니라 사람의 생각이나 사상, 호기심의 영역과 같은 무형의 것들도 물건의 이야기 안에 담긴다. 박물관의 글은 좀 독특하다. 공공 기관이 생산하는 정보이기에 '신뢰할 수 있는가', '오류는 없는가', '객관적인가'와 같은 기준이 반드시 필요하다.

다루는 주제에 따라 차이는 있지만, 어떤 전시를 준비하든 정보의 신뢰성은 박물관 글이 지켜야 하는 중요한 기준이자 덕목이다. 동시에 박물관의 글에는 공공 정보가 지켜야 할 원칙이 적용된다. 다양한 방문객과 이용자를 대상으로 하는 종합 박물관으로 누구나 차별 없이 정보를 활용할 수 있도록 하는 데 중요한 가치를 둔다. 나이나 성별, 배움의 정도, 취향과 관심이 다른 불특정한 이들을 대상으로 쓰는 글이기 때문에 고려해야 할 점이 많고, 그만큼 까다롭다. 한 번에 달성할 수 있는 건 아니지만 지향점을 두고 노력한다.

'누구를 위한 글인가'는
'무엇을 쓸 것인가' 만큼 중요한 문제다

누구를 위한 글인가는 원고의 방향과 톤을 상당 부분 결정한다. 자료의 정확성, 정보의 신뢰성, 최신 연구 성과에 대한 이해와 반영 등과 같은 기준은 글을 쓴 후 확인해야 하는 중요한 항목이다. 한국사나 세계사의 보편적 틀 안에서 서술하는지, 검인정 국사 교과서와 학교에서 배우는 내용과 상이한 것은 없는지 등을 염두에 두는 것은 이해의 혼선을 피하기 위해 반드시 고려해야 할 사항이다. 학계에서 대립하는 이견이 있거나 논의 중인 주제에 대해서는 여러 견해가 있다고 소개할 수 있지만, 어느 한쪽으로 치우친 해석을 따라가서는 안 된다. 그렇다 보니 박물관의 정보는 새로운 학설이 소개되고 논의의 장이 되는 학계에 비해 보수적인 경향이 있다. 공공 기관으로서 박물관이 지켜야 하는 책임이자, 한계일 수도 있다.

　　큐레이터의 글은 원고가 사용되는 매체에 따라 다른 기준이 적용된다. 전시를 위한 글인지, 도록이나 보고서와 같은 책에 쓰이는 글인지에 따라 다르다. 또한 전시용 원고라 할지라도 글이 놓이는 장소가 상설 전시관인가, 특별 전시실인가에 따라 달라질 수 있다. 전시 기획자의 개인적인 감상이나 작품 해석을 풀어놓는다고 좋은 설명문이 되는 건 아니다. 그렇다고 어디에서나 볼 수 있는 객관적인 정보만을 나열하거나 혹은 관람객에게 닿아 정서적 공감 여지를 닫아버리는 글도 좋다고 할 수 없다. 너무 낯설면 호기심 자체가 생기지 않고, 글의 수준을 너무 낮추면 식상하고 지루함을 주기도 한다. 중요한 특징을 너무 많이 나열하면 정작 요점을 찾지 못한다. 빠르게 요점을 파악할 수 있는 글이어야 한다. 큐레이터는 도록, 전시, 홍보, 교육 등 그 쓰임에 맞는 원고를 작성한다. 이때 관람객 혹은 박물관 이용객이라는 독자를 항상 생각하고 주제에 대한 명확한 정보를 제공하고 있는지, 알기 쉽고 명확하게 서술하고 있는지 스스로 질문을 던지면서 작성한다.

전시를 구성하는 언어와 도록에 쓰인 언어는
기획, 구성, 전달 방식이 다르다

도록 원고는 다시 개괄 원고, 챕터별 주제 원고, 개별 유물 설명 원고로 구분할 수 있다.

대체로 도록 원고는 전시 글쓰기의 기초 자료로, 전시 패널이나 설명 카드를 쓰기 위한 1차 자료로 활용이 가능하다. 도록 원고가 빨리 나오면 나올수록 전시 준비에 요긴하게 쓰인다. 도록 원고가 완성되면 이를 스토리보드로 활용할 수 있고, 디자이너는 전시품을 파악하는 데, 교육사는 교육용 워크시트를 만드는데 참고할 수 있다. 또 기획을 치밀하게 다듬을 수 있으며, 사전 홍보에도 활용할 수 있다.

도록 원고가 설명적이라면 전시장의 글은 직관적이다. 전시용 원고는 관람객이 입구에서부터 가지고 갈 수 있도록 한 일종의 전시 안내서인 리플릿처럼 독립적인 글이다. 또한 도입부에서 전시실을 거닐며 보는 패널 원고와 진열장 안에 놓인 설명 카드는 전시에 필수적인 원고다. 어떤 내용을 서술할 것인지에 관해서는, 한 장 한 장 책을 넘기며 보는 도록 원고와 비교해 전혀 다르게 생각하고 접근해야 한다. 원고를 쓸 때는 전시실의 구성, 진열장의 배치, 설명 카드가 놓이는 위치와 유물의 크기를 고려한다. 관람객의 발걸음이 전시실 안에서 어떻게 옮겨지는지, 한 진열장에 배치된 유물의 크기, 제시되는 설명 카드의 숫자, 정보의 양을 가늠하며 쓴다. 읽는 이가 읽고 싶어 하는 글인지, 혹 읽는 데 지치게 하는 건 아닌지 관람객의 입장이 되어 자신의 원고를 객관적으로 살펴보는 단계가 필요하다.

전시 도입부 패널을 예로 들면, 전시의 기획 의도, 전시 주제에 따라 선호하는 방식에는 차이가 있을 수 있다. 〈전시를 열며 Prologue〉라는 문구에 전시의 핵심 메시지를 한눈에 요약하는 편이 더 적당한 전시가 있고, 쉽게 다가갈 수 있도록 마음의 부담을 낮추는 글이 더 효과적인 경우도 있다. 물론 정해진 답은 없으며 전시 성격에 따라 담당자의 성향이 반영된다. 전시장에 놓인 첫 글이 관람객의 마음을 사로잡는다면, 더 읽어보고 싶은 생각이 들게 할 수 있다. 관람객이 전시실에 체류하는 시간이 긴 전시일수록, 전시 설명과 패널 글을 꼼꼼하게 보거나 읽기 위해 머무는 시간이 길어진다. 이때 유물만큼이나 전시장에서 제공하는 영상물, 원고가 중요한 역할을 한다. 얼마나 많은 정보를 제공하는가보다 관람객에게 말 걸기를 성공함으로써 볼 만한 전시이고, 읽어볼 만한 내용일 것이라는 신뢰를 갖게 하는 게 더 중요하다. 관람객은 전시회의 글을 읽으면서 글을 읽는 이를 고려해서 쓴 글인지, 아닌지를 구분해낸다. 큐레이터가 원고를 읽을 상대를 상상하고 글을 쓴다는 것은 단순히 관람객이나 독자의 기분에 신경 쓰고 있는가와는 다른 문제다. 특정한 주제나 새로 알려진 정보에 관해 이야기를 시작할 때는 명확성이나 구체성 같은 정보의 객관성만큼이나, 이야기를 전개하는 방식과 태도가 영향을 준다.

③ 천천히 스며드는 글

학예연구사들은 연구서와 논문 등을 읽고 쓴다. 그래서 글은 항상 손쉽게 다룰 수 있는 장비이자 도구라고 생각하기 쉽다. 하지만 글을 쓰면 쓸수록 전공에 대한 지식이나 학문적인 역량과는 별개로 또 다른 세계가 있다는 것을 깨닫게 된다. 학계의 연구자와 대화하던 언어만으로는 박물관이란 세계에서 살아갈 수 없다. 동료 연구자에게 도움이 되는 중요한 발견이고, 통찰력 있는 연구라 할지라도, 관람객의 마음을 얻거나 공감을 보장할 수 있는 건 아니다. 원고의 목적이 큐레이터가 공부하고 연구한 내용을 밝히기 위한 것이 아니기 때문이다.

실상 글쓰기라는 도구를 현장에서 어떻게 다뤄야 하는지를 배워야 하는 시간이 부족했다는 걸 절감하는 순간이 자주 찾아온다. 언제든 늦지 않았으니 좀 더 나은 글을 쓰기 위해 알아둬야 할 고려 사항을 익히고, 내가 쓴 글을 다시 살펴보며 부족한 점을 체계적으로 배울 기회가 필요하다.

④ 박물관 글쓰기에서 염두에 둘 두 가지

관람객과
글이 만나는 곳

박물관의 글은 유물과 전시에 대한 정보를 제공한다. 그렇기에 말로 전해지고 귀로 듣는 정보와는 다른 문어체를 기반으로 한다. 유물을 다루기 때문에 학술적인 범주에서 다루는 단어나 용어를 써야 할 때도 있지만 가능한 한 이해하기 쉽도록 풀어 쓰고자 노력한다. 연구자나 전문가뿐 아니라 많은 이들에게 다가가고 이해될 수 있기를 바라며 쓴다. 현재라는 생활 공간에서 과거의 사실이 살아 있는 것으로 경험하게 만들고, 전통이란 이름으로 과거의 틀 속에 가두지 않게끔 해야 한다.

원고를 쓸 때는
'누가 읽을 것인가' 하는 대상을 고려한다

이는 비단 관람객의 성별, 연령별, 교육 수준별과 같은 분류만
을 의미하는 건 아니다. 박물관 전시를 보는 목적, 박물관 도록
이나 책을 보게 된 동기가 무엇인가에 따라 접근할 필요가 있
다. 박물관 관람객의 만족도 조사 지표를 보면 역사에 대한 정
보를 얻고자 하는 목적 외에도 다른 이유들의 비중이 점점 커지
는 추세다. 휴식을 취하고 여가 시간을 보내는 것은 물론, 보다
창의적인 자극을 위해 이곳을 찾는 경우도 많다.

　낯선 시간과의 만남에서 새로운 이야기가 시작된다. 박물관
의 글은 관람객을 매력적인 공간으로 안내하는 여행 안내서가
되기도 한다.

⑤ 관람객에게 전시글이란

예전에는 박물관이 교양을 쌓고 공부하는 곳이라고 생각했다. 오랫동안 박물관은 관람객에게 무엇인가를 알려주는 곳이라는 생각이 지배적이었고 관람객은 그것을 당연하게 받아들였다. 그런데 요즘은 어떨까?

박물관이 담당하는 교육적인 측면은 여전히 중요한 부분이긴 하나, 단지 그것 때문에 박물관을 찾지는 않는다. 바람을 쐬기 위해, 데이트하기 위해, 아이와 시간을 보내기 위해, 특정 유물이나 공간을 보고 기분 전환을 위해, 가치 있는 소비를 하기 위해, 사진 촬영을 위해, 약속 장소 근처에 박물관이 있어서, 지나가다 호기심에서, 건물이 예뻐서, 문화 공연을 보기 위해서…….. 헤아리다 보면 방문 이유에는 끝이 없다.

박물관에 오는 이유만 바뀌었을까? 전시글을 보는 눈도 그렇다. '바람 쐬러, 복잡한 생각을 하지 않으려고 왔는데 머리 아픈 글은 읽지 말자', '얼마든지 볼 수 있는데 굳이 읽을 필요가 있을까?'라는 생각을 하기도 한다.

관람객이 전시글을 읽지 않으려는 이유,
요즘은 영상의 시대다

영상에 익숙해질수록 글 읽기는 점점 힘들어진다. 재미없는 영상을 금방 돌려버리는 것처럼 글도 지루하게 느껴지면 절대 읽지 않는다. 더구나 짧은 글도 아니고 긴 글이라면 두말할 필요도 없다. 글 읽기를 어렵게 만드는 건 영상만이 아니다. 학교 교육과도 관련이 있다. 학교 교육에서, '읽기'는 맞았는지 틀렸는지를 맞춰야 하는 문제와 이어진다. 읽기는 즐거움이 아니라 시험이다. 낯선 말과 내용으로 이루어진 전시글은 즐겁지 않은 시험의 연장선일 가능성이 높다.

글은 영상과 달리 읽어내는 데
시간이 필요하다

영상은 크게 노력하지 않아도 보이지만, 글은 애써 노력해야 눈에 들어오고 이해가 된다. 앞부터 차근차근 읽어 나가면서 끊임없이 생각을 쌓아가야 한다. 이런 면에서 영상이 구체적이라면 전시글은 추상적이다. 게다가 전시글을 이해하기 위해서는 알아야 할 사전 지식이 적지 않다. 또한 전시글을 읽어내려면 많은 에너지가 소비된다. 관람객은 모르는 단어와 내용이 나오거나 읽어도 도움이 되지 않는다고 판단되면 더 이상 읽지 않는다. 읽지 않아도 전시는 볼 수 있으니까. 한번 지나친 전시글을 되돌아와 다시 읽는 일은 좀처럼 일어나지 않는다. 이런 점에서 전시글은 진입 장벽이 꽤 높다.

전시글은 다른 매체에 실린 글과 다르다

우선 전시글은 서서 읽는다. 누워서 보거나 앉아서 보기 어렵다. 두 다리로 몸을 지탱하며 봐야 한다. 전시글을 읽는 사람들은 이 수고로움을 견디는 사람들이다. 책은 읽다가 멈추고 다음에 다시 읽을 수 있다. 그러나 전시글은 다음에 읽을 확률이 높지 않다. 관람객이 선택해서 읽는 다른 글과 달리 전시글은 선택할 수 없고, 선택할 수 있는 건 읽거나 읽지 않거나 둘 중 하나다. 전시글은 대부분 분량이 짧고 압축적이다. 분량이 짧아 읽기 편할 것 같지만 내용이 어렵다면 읽어내기 어렵다.

전시는 '보기'와 '읽기'로 이루어진다

전시는 보기에서 읽기로, 읽기에서 보기로 바뀌는 과정의 연속이다. '볼' 때의 관람객의 몸과, '읽을' 때의 관람객의 몸은 다르다.

'읽기'는 순간적으로 할 수 없고 한곳에 머물러야만 할 수 있는 일이다. 그래야 뜻을 알 수 있다. 반면 '보기'는 순간적이다. 읽어야만 알 수 있는 글과 다르게 대상이 순간적으로 들어온다. 관람객은 전시를 보면서 추상적 사고와 즉각적 반응 사이를 교차한다. '보기'가 중심인 전시에서 '읽기'로의 전환은 보기에 익숙한 관성에 맞서는 것과 같다. 계속 움직이면서 보려고 하는 관람객을 멈춰 세우려면 전시글이 그만큼 매력적이어야 한다.

⑥ 질문을 던지는 전시글

지난 몇 년 동안 전시를 볼 때면 전시글을 꼼꼼히 읽으려고 했다. 그 이유의 반은 전시를 준비한 큐레이터에 대한 예의 때문이었고, 나머지 반은 전시의 주제, 고민, 방향, 구성을 알기 위해서였다. 그중 몇몇 전시글은 오랫동안 기억에 남았다. 그 글을 다시 읽으며 이유를 살펴봤다.

　2018년은 고려가 건국된 지 1,100년이 되는 해였다. 이를 계기로 고려를 재조명하는 전시가 곳곳에서 열렸다. 국립중앙박물관에서 열린 《대고려 918~2018, 그 찬란한 도전》은 가장 규모가 컸다. 다른 전시처럼 전시실 입구에서 〈전시를 열며〉를 읽었다.

　태조 왕건은 분열된 시대를 극복하고 통일국가 고려高麗를 세웠습니다. 우리 역사상 처음으로 국토의 중심부에 위치한 개성이 새로운 수도가 되었습니다. 고려(918~1392)는 주변에서 다양한 민족과 국가가 난립하던 시기에 여러 나라들과 교류하며 독창적인 문화를 이루었습니다.

전시의 이야기는 고려 수도 개경에서 출발합니다. …… 고려의 선물이 이곳에 도착했습니다. 흐르는 강물처럼 긴 이야기를 모았습니다. 천백 년 전 그 어느 날처럼, 2018년 고려와의 결정적인 만남이 여러분을 기다립니다.

뭔가 달랐다. 소개글은 무엇을 알려주려고 애쓰기보다 이야기를 들려주려고 했다. 읽기 쉬운 단어를 골라 사용하였다. 문장도 박물관에는 잘 사용하지 않는 서정적인 문장이었다. 드디어 전시글이 바뀌기 시작했다. 큰 변화였다.

전시글을 읽으며 전시를 보다보니 어느 순간 〈에필로그〉 앞에 서 있었다.

고려가 우리에게 준 가장 큰 선물은 무엇이었을까요. 고려 오백 년을 지속할 수 있게 한 힘은 어디에서 나왔을까요. 이곳에서 그 힘의 실마리를 찾으셨기를 바랍니다.

질문을 던지는 에필로그였다. 이 글을 읽으며 다시 생각했다. 전시를 어떻게 봤는지, 무엇이 인상적이었는지를 말이다. 마지막에 받은 질문은 휙 떠나려는 관람객의 발걸음을 붙잡고 잠시 생각과 감정을 정리하도록 이끌었다. 이 시간은 관람객의 머릿속에 흩어져 있던 여러 생각들이 정리되는 시간이기도 하다. 질문은 가르치고 알려주기보다 관람객이 무엇을 하도록 만들었다.

⑦ 와닿는 글을 위하여

2021년 11월 답사를 마치고 저녁 늦게 집으로 돌아온 어느 날이었다. 늦은 저녁을 먹으며 초등학교 6학년인 딸과 수다를 떨었다. 수다의 주제는 전시실에서 관람객이 만나는 글이었다.

아빠, 좀 알고 전시를 보면 재미있거든. 좀 알려면 전시실에 있는 글을 봐야 하잖아. 근데 글이 재미가 없어. 대학생이 발표할 때 쓰는 글 같고 어려운 말도 나오잖아. 그러면 스트레스 받아. 스트레스를 받으면 안 읽지. 관심 있는 사람들 빼고는 이해하려고 몇 번을 읽지는 않아. 박물관에 오는 사람들 가운데 가족이나 데이트하러 온 사람들이 많잖아. 거기에 맞추면 되잖아. 재미있어서 깔깔거리게 만드는 그런 글도 있지만 읽어서 도움이 되는 그런 글도 있잖아. 글이 재미없으니까 안 읽고, 그러다 보니까 전시를 봐도 잘 모르겠고. 계속 돌고 돌아. 콘셉트가 확실해서 글을 안 봐도 아는 그런 전시도 있지만.

자칭 박물관을 좀 다녀본 딸의 진단이었다. 박물관에 전시를

'보러' 가지, '읽으러' 가냐고 말하는 사람도 많다. 맞다. '보기' 위해 박물관에 간다. 그런데 잘 읽으면 전시를 풍부하게 볼 기회가 늘어난다. 전시실에서 만나는 글은 전시 안내이자 전시 공간에 의미를 부여하고 관람객의 생각을 이끄는 디딤돌이다. 그리고 큐레이터가 관람객에게 건네는 말, 즉 말 걸기다.

읽기를 싫어한다는 새로운 세대의 특성을 말하기 전에, 글을 줄여야 한다고 말하기 전에 이 점을 생각해보면 어떨까. 그동안 정말 관람객이 읽을 수 있도록 글을 썼는지, 관람객의 마음에 와닿는 글을 썼는지, 일방적으로 말한 건 아닌지, 객관성이라는 이름 아래 암호 같은 글을 쓴 건 아닌지, 주제 의식은 분명했는지, 그리고 관람객이 다리 아픈 것을 참아가며 기꺼이 읽게 하려면 어떤 글이 되어야 하는지 등을 돌아봐야 한다.

전시글은 모든 사람이 읽지는 않아도 누군가가 필요로 할 때 곁에 있는 글이며, 또 어렵지 않게 읽어낼 수 있는 글이다. 또 전시에 한 발짝 더 들어가도록 만드는 글이다.

⑧ 좋은 디자인은 전시 기획의 의미를 효율적으로 전해준다

전시에서 디자인이 중요한 이유는 단순히 아름다움을 강조하는 것 이상이다

좋은 디자인은 전시 기획의 의미를 효율적으로 전해준다. 단순히 전시 공간을 아름답게 효과적으로 연출하는 것만이 디자인의 역할은 아니다. 보기 쉽고, 읽기 쉬운 글과 전시의 메시지를 전달하는 데도 디자인의 역할이 크다. 큐레이터는 이용자의 입장과 시선에서 필요한 정보를 적절한 크기와 위치에서 알맞게 제공해야 한다. 공간의 심미성 외에, 패널과 설명판의 크기를 결정하는 기준도 관람객의 관점에서 판단한다. 전시에 관한 이야기를 들려줌으로써 관람객으로 하여금 전시글을 계속 읽어 나가게 한다. 이렇게 정보를 좀 더 알아가고 싶은 의지를 만들기도 한다.

예를 들면, 관람객의 밀집도와 혼잡도가 높을 것으로 예상되는 큰 전시는 좀 더 고려해야 할 부분이 있다. 짧은 시기에만 공개되거나 특별 공개되는 유물의 경우, 전시실의 진열장까지 가는 길은 줄이 길게 늘어설 수 있나. 그런 경우 전시장 입구에 거는 패널이나 독립형 진열장 안에 놓인 설명 카드는 혼잡하여 읽을 수 없는 일이 발생할 수 있다. 이런 경우 진열장 가장 위 투명한 유리 위에 전시품에 대한 간략한 설명을 멀리서도 볼 수 있게 배치할 수 있다. 전시품 앞에 관람객이 몰려드는 경우를 대비해 멀리서도 볼 수 있는 장치를 마련해두는 것이다. 혹은 〈전시를 열며〉와 같은 도입부 글을 읽지 않고 빠르게 전시실로 들어가는 관람객을 위해 꼭 전달해야 하는 글이나 문장은 짧게 큼지막하게 붙여놓는 방식도 고려할 수 있다. 전시에서 보게 될 3~4개의 섹션이 무엇인지 미리 제목을 알고 전시실에 들어가도록 유도한다. 전시의 주제나 관람층, 혼잡도 등에 따라 적절한 디자인과 장치를 적용해볼 수 있다. 어떤 구역을 통과할지, 어떤 코너를 만나게 될지를 미리 안내하며 전시를 편안하게 관람할 수 있게 하는 방식이 효과적인 전시도 있다. 어떤 디자인이 더 효율적인지는 전시를 보는 이들의 동선, 머무는 시간 등 미리 시뮬레이션을 해보고 선택한다.

⑨ 박물관 학예연구사가 뽑은 좋은 전시글

학예연구사들이 뽑은 박물관의 좋은 글들은 어떤 글일까? 학예연구사들은 좋은 사례를 뽑으면서 핵심적인 내용이 모두 들어갔는지, 읽기 편한 글인지, 감성을 자극하는 글인지 등을 중요한 기준으로 삼았다.

예를 들면 다음 10편 글들은 비교적 쉬운 말로 안내문을 작성하려고 노력한 모습이 보인다. 다만 안내문을 오해하지 않도록 어휘를 선택할 때 좀 더 신중할 필요가 있어 보이고, 특히 문단을 구성할 때 내용 중심으로 문단을 구성하는 방법을 배웠으면 하는 바람이다. 박물관 이용객으로서 개인적인 바람이 있다면, 눈에 보이는 것에 대한 설명을 줄이고 눈에 보이지 않는 것에 관해 설명을 늘렸으면 좋겠다.

국립중앙박물관 상설 전시(중국실)
유물 설명 수어 영상 원고

중국의 대표적인 칠공예 기법인 퇴주 기법으로 만든 명대 칠 쟁반이다. 중국 위나라 시기 죽림칠현의 고사를 표현했다. 쟁반이 붉은색을 띠는 이유와 모양을 만든 방법, 그리고 죽림칠현의 고사 내용을 쉽게 풀어 써 중학생들로부터 "이대로 써도 될 정도로 이해하기 쉽다"라는 평을 들었다. 고유명사를 풀어 내용을 설명해주는 것이 더 중요하다는 점을 보여 준다.

▶ **붉은 칠 쟁반**(朱漆竹林七賢圖大盤)
　 명明(1368~1644)
　 나무에 칠

중국 명나라 때 만든 사각 쟁반입니다. 나무에 붉은색 칠을 여러 번 하여 표면을 두껍게 만든 뒤 무늬를 조각하여 새기는 방법으로 만들었습니다. 접시 가운데에는 중국 위나라(魏, 220~265) 말에 부패한 정치권력에 등을 돌리고 대나무 숲에 모여 살았던 선비 일곱 명을 표현했습니다. 선비들은 바둑을 두거나 술을 마시며 우정을 나누었습니다. 또 두루마리 그림을 보며 시와 글씨, 그림에 관해 이야기를 주고받았습니다.

2020년 국립중앙박물관 특별전
《한겨울 지나 봄 오듯-세한歲寒 평안平安》
주제 패널

제공해야 할 정보가 짧은 글에 모두 담겨 있고, 이해하기 쉽고
정돈된 어휘를 사용한 좋은 글이다.

📋 〈세한도〉 속 세한

〈세한도〉는 조선 최고의 문인화文人畵로 평가받습니다. 문인화
는 화가가 아닌 사대부 계층이 취미로 그린 그림으로, 대상을
있는 그대로 그리기보다는 화가가 전하고자 하는 뜻을 함축적
으로 담아내는 것이 특징입니다. 그 때문에 김정희는 가슴속
에 천만 권의 책을 품어야 그림을 그릴 수 있다고 했습니다.
김정희는 〈세한도〉에서 눈에 보이지 않는 추위와 시련을 어떻
게 표현했을까요?

📋 김정희의 삶

김정희는 명문가의 장남으로 태어나 남부럽지 않은 삶을 살았
습니다. 어렸을 때부터 총명해 여러 책을 읽었고, 청나라 문예
계의 최신 경향을 바로 받아들였습니다. 인생의 큰 굴곡이 없
었던 김정희는 거리낌 없이 말하고 행동해 사람들을 당황하게
만들거나 미움을 사기도 했습니다. 그런 그는 55세의 나이로
제주도 유배를 가서 성찰의 시간을 보냈습니다. 그곳에서 김정

희는 학문과 예술에 더욱 몰두할 수 있었습니다.

그는 경전을 치열하게 연구해 진리를 밝혀냈고 자신만의 독창적인 예술 세계를 확립했습니다.

2020년 국립중앙박물관 특별전
《새 보물 납시었네, 신국보보물전 2017–2019》
김홍도 〈고사인물도 병풍〉 고사 설명 패널

어려운 고사인물도 내용을 적절한 제목과 설명으로 감동적으로 소개하였다.

〈황정경과 거위를 맞바꾸다〉
작은 것을 사랑하는 마음

동진의 명필 왕희지王羲之(303~361)는 거위를 사랑했습니다. 찢어질 듯한 울음소리도, 새하얀 깃털도 마냥 좋았나 봅니다. 어느 날 왕희지는 고운 거위를 기르는 도사를 찾아갔습니다. 거윗값 대신 경전을 필사해달라는 도사의 요구에 왕희지는 두말 않고 붓을 휘둘러주었습니다. 그림 속 왕희지는 탁자에 종이를 펼쳐놓고 글씨를 쓰고, 도사는 맞은편에 앉아 완성을 기다리고 있습니다. 왕희지가 곧 데려갈 거위는 아무것도 모른 채 유유히 헤엄칩니다.

2018년 국립진주박물관 특별전
《진주의 진주-서부경남의 보물전》
에필로그 패널

전시의 내용을 정리하는 일반적인 특별전 에필로그가 아니라 "상설전 개편의 대체 전시"와 "박물관 이전"이라는 현재 상황을 연계하여 꾸미지 않고 담담하게 전달하고 있다.

글에서 박물관이 나아가야 할 방향을 고민하는 진정성과 당위성이 느껴져서 좋았다.

📋 **전시를 마치며**

국립진주박물관은 올해 12월 새롭게 개편한 상설전시실을 선보일 예정입니다. 개관 이후 국립진주박물관은 많은 분들의 관심과 사랑 속에서 서부 경남의 대표 박물관으로 자리매김하였습니다. 또 진주성과 남강의 아름다운 풍경은 포근하고 따뜻하게 박물관을 감싸주었습니다. 하지만 국가 사적인 진주성 안에 위치하여 박물관은 필요한 시설을 확보하거나 관람객의 불편을 해소하기 위한 최소한의 공사도 어려운 실정입니다. 어린이를 위한 전시와 체험 공간도 갖추지 못하였습니다. 전시실, 편의시설, 수장고 등 모든 부분에서 전국 최소 규모의 국립박물관입니다.

따라서 국립진주박물관은 진주성을 떠나는 것을 고민하고 있습니다. 진주성의 복원을 위해서, 소중한 문화유산의 보관 관리 공간을 충분히 확보하고, 다양한 전시와 교육, 행사 등 박물관의 고유 업무를 수행하기 위해서는 박물관 이전이 꼭 필요합니다. 국립진주박물관이 서부 경남의 박물관을 넘어 우리나라를 대표하는 복합문화기관으로서 거듭날 수 있도록 많은 관심과 사랑을 부탁드립니다.

국립경주박물관 상설 전시(신라역사관)
주제 패널

문장이 전체적으로 간결하며 짧은 호흡으로 끝나 읽기가 편하다. 또 전문 용어나 한자를 풀어 써 내용을 이해하기가 쉽다. 마지막으로 꼭 필요한 부분만 한자를 병기해 가독성을 높였다.

📋 신소재 철을 마음대로 부리다
신라가 성장할 수 있었던 원동력 가운데 하나는 바로 '철'이었습니다. 철을 다루는 것은 당시 최고의 기술이었고, 철을 가진 세력은 다른 세력과의 싸움에서 유리한 위치를 차지할 수 있었습니다. 철은 돈처럼 사용되었고, 이웃 나라들과의 주요 교역 물품이었습니다. 사로국이 철을 마음대로 다루어 활발히 이용한 증거는 1~4세기의 경주 황성동 유적에서 확인할 수 있습니다. 이곳에서는 쇳물을 거푸집에 부어 쇠도끼 등을 만드는 주조鑄造 작업과 쇳덩이를 불에 달구어 모루에 대고 두들겨 철기를 만드는 단조鍛造 작업을 한 증거들이 나왔습니다. 이는 사로국이 높은 수준의 철제품 생산력을 보유하고 있었음을 보여 줍니다.

국립중앙박물관 상설 전시(신석기실)
주제 패널

이해하기 힘든 전문 용어와 한자어의 사용 빈도가 낮아 대체로 읽기 쉽게 쓰였다. 또한 토기의 등장이라는 역사적으로 중요한 사건을 설명하는 내용임에도 장황하지 않고 핵심이 들어 있는 간결한 글이라는 인상을 준다.

토기의 등장

토기는 1만 년 전 인간이 진흙을 구우면 단단해진다는 화학적 변화를 깨닫고 만든 최초의 발명품이다. 토기는 흙으로 빚은 그릇 그 이상의 의미를 지닌다. 끓이고 데치고 삶는 등 다양하게 조리할 수 있어 먹을 수 있는 재료가 많아지고 보관, 운반도 이전보다 손쉬워졌기 때문이다. 이처럼 식생활이 안정적으로 유지되면서 사람들은 한곳에 비교적 오래 머물며 생활할 수 있게 되었다.

국립중앙박물관 상설 전시(청동기·고조선실)
주제 패널

유물에 표현된 구체적인 내용을 쉬운 언어로 전달한 점이 기억에 남는다. 패널의 내용 덕분에 유물을 더욱 자세히 관찰하게되어 집중도가 높아지는 효과가 있었다.

📋 **농경문 청동기**

농경문 청동기는 앞면에 솟대, 뒷면에 농경의례農耕儀禮를 표현하여 생산과 풍요를 비는 의식에 사용되었던 것으로 보인다. 두 갈래의 나뭇가지 위에 앉은 새는 마을에 안녕과 풍요를 가져다주는 솟대를 표현한 것이다. 뒷면에는 깃털을 꽂은 모자를 쓰고 벌거벗은 채 따비로 밭을 일구는 남자와 그 아래에 괭이를 들고 있는 사람, 곡식을 항아리에 담는 모습이 새겨져 있다. 이는 봄부터 가을까지 농사를 시작하여 수확하기까지의 모습을 순서대로 표현한 것이다.

국립익산박물관 상설 전시
주제 패널

담장이 중요한 이유, 담장 규모의 의미 등 주요한 특징과 흥미로운 주제를 일목요연하게 기술하고 있다.

한자어를 한자 병기로 끝내지 않고 흙다지기, 돌쌓기로 풀어서 설명했다. 이로써 담장의 축조 기법이 명확하게 전달되고 있다.

"왕궁리유적 궁장은 동아시아에서 보존이 가장 잘된 왕궁 담장입니다"와 같이 담장을 전시하는 이유와 담장의 가치를 한 문장으로 정리하여 이 문장만 보아도 전시를 이해할 수 있게 하였다.

📋 왕궁의 담장

"왕궁리유적 궁장宮牆은 동아시아에서 보존이 가장 잘된 왕궁 담장입니다."

왕궁리유적은 폭 3m, 동서 약 240m, 남북 약 490m의 직사각형 담장으로 둘러싸인 유적입니다. 궁궐을 보호하기 위해 이러한 궁장은 반드시 필요했습니다. 중국의 건축기술서 『영조법식營造法式』에는 "담장 아래쪽의 폭은 높이의 1/2로 한다"라는 규정이 있습니다. 왕궁리유적 궁장의 아래 폭이 3m이기 때문에 원래 높이는 6m에 달하고 여기에 기와지붕도 올렸으리라 봅니다. 사라진 돌담 윗부분의 구조에 대해서는 판축설(흙다지기)과 석축설(돌쌓기)이 있습니다. 여기에서는 판축설을 따라 1/2크기(높이 3m)로 재현했습니다.

국립중앙박물관 상설 전시(서화실)
설명 패널 및 영상 자막

관람객들에게 화가의 시선에서 그림을 천천히 살펴볼 수 있도록 친근하게 안내했다. 회화 작품은 한문 발문으로는 내용에 다가가기 어렵고, 조명이 어두워 그림도 잘 보이지 않는다. 하지만 설명문과 영상으로 김홍도가 어떤 의도로 그렸는지, 폭마다 어느 부분을 주의 깊게 감상해야 하는지 쉽게 알 수 있다. 산수에서 보이는 계절이나, 나귀 발걸음에 놀라는 새는 설명이 없었으면 관람객들은 그냥 지나쳤을 것이다. 마지막으로 영상에서 관람객들을 위한 친절함이 잘 드러났다.

📃 김홍도 〈행려풍속도 병풍〉

18세기 대표적인 화가인 김홍도金弘道(1745~1806 이후)가 바라본 조선은 어떠했을까요? 김홍도의 〈행려풍속도 병풍〉은 나그네가 유람하면서 보았던 세상살이를 그린 8폭의 그림입니다. 날씨 좋은 어느 날, 나귀를 타고 길을 떠난 선비는 거리에서 판결을 하는 태수 행렬, 대장간의 대장장이, 논밭에서 일하는 사람들, 소를 타고 이동하는 아낙 등을 만나고, 때로는 강을 건너기 위해 나룻배를 기다리기도 합니다. 김홍도의 스승인 강세황姜世晃(1713~1791)은 김홍도의 탁월한 묘사와 재치에 감탄하며 각 폭에 평을 적었습니다.

그림과 글을 번갈아 보며 조선 사람들의 세상살이를 재미있게 즐겨보시기 바랍니다.

⑩ 국어 전문가가 뽑은 좋은 전시글

박물관 글의 좋은 사례를 뽑기 위해 국립중앙박물관을 찬찬히 살펴보았다. 전체적으로 내용이 좋은데, 단어 하나가 어렵다든지 문장 연결이 어색하다든지 하여, 한 조각 부족함이 들어 있었다. 그만큼 글쓰기는 어려운 일이다. 그러니 대중에게 선보이는 공식적인 글은 여럿이 머리를 맞대고 궁리하여 다듬고 또 다듬을 필요가 있다. 잘 구성되었다고 생각되는 글을 소개하며 왜 괜찮다고 보았는지, 또 한 조각 고칠 점이 무엇인지 이야기해보고자 한다.

📋 식물 채집과 농사짓기

식물 채집은 신석기시대 중요한 생계 수단이었다. 도토리, 가래, 살구 등 다양한 야생식물을 먹었을 것으로 추측된다. 신석기인들은 점차 땅을 일궈 조, 기장 등을 재배하였다. 농사는 자연이 주는 그대로가 아니라 인간이 특정 자원을 생산해내기 시작하였다는 점에서 중요하다. 땅을 일구고 이삭을 거두기 위해 괭이, 낫 등을 사용하였다.

이 글은 신석기시대의 생계 수단인 식물 채집과 곡식 재배를 이야기한 것이다. 특히 농사의 역사적 의미를 알기 쉽게 기술하여 문화의 발전에 대해 인식할 수 있게 한 점이 좋다. 또 농사를 짓기 위해 농기구가 사용된 점도 함께 언급하여 이 시기의 정황을 상상할 수 있게 한 점도 좋다.

🖹 도토리 저장 구덩이

신석기시대 유적에서 많이 발견되는 식물로는 도토리가 있다. 도토리는 떫은맛이 나는 타닌이라는 성분이 들어 있어 날로 먹기 힘들다. 신석기인들은 이를 없애기 위해 밀물과 썰물이 있는 바닷가 구덩이에 넣어두거나 토기에 물을 채워 담가놓았다. 떫은맛이 빠지면 공이로 빻거나 갈판과 갈돌로 가루를 내어 조리해 먹었다.

이 글은 '도토리 저장 구덩이' 유물을 기술할 때 관람객 입장에서 궁금하게 여길 만한 사항이 무엇인가를 고려했다. 일단 신석기시대에 도토리가 있었다는 점, 그 도토리는 식량으로 쓰였다는 점, 식량으로 쓰기 위해 도토리의 떫은맛을 없애야 했다는 점, 그 용도로 저장 구덩이를 사용했다는 점을 알리고 있다. 이 정도의 내용이면 이 유물이 왜 존재하는지에 대한 궁금증이 풀릴 만하다. 다만 '도토리 저장 구덩이'가 어느 대목에서 지시된 것인지를 가려내기가 힘들다. 바닷가 구덩이가 '도토리 저장 구덩이'인지, 도토리 저장 구덩이는 육지에 따로 있는 것인지, 토기를 저장 구덩이로 보는 건지, 갈판과 갈돌로 가루를 내는 데 사용한 장소가 저장 구덩이인지가 잘 가려지지 않는다. 이런 점을 고려하여 글을 쓰면 더 좋을 것이다.

🔳 장식과 예술

생활이 안정되면서 신석기인들은 팔찌나 목걸이, 귀걸이를 만들어 자신의 몸을 꾸몄다. 또한 사람의 얼굴, 여성, 동물, 배 모양을 띤 예술품을 만들기도 하였다. 꾸미개나 예술품은 아름다움을 표현하는 데도 목적이 있지만 집단의 신앙·의례와 관련되거나 소속, 사회적 신분 등을 나타내는 성격이 강했다.

이 글은 신석기시대의 장식품과 예술품을 소개한 것인데 그 기능까지 설명하고 있어서 관람객들에게 이 유물에 대한 당시의 인식을 알려준다. 즉 미적인 목적, 신앙적 목적, 신분 표현의 목적 등을 언급하여 당시 장식품과 예술품의 복합적 기능을 알게 한다. 다만 "신석기인들은 팔찌나 목걸이, 귀걸이를 만들어 자신의 몸을 꾸몄다"라는 문장은 만드는 사람과 사용하는 사람이 동일인인 것처럼 기술되어 있다. '장신구를 직접 만들어 사용했다는 것인가, 장신구 만드는 사람은 따로 있고 그것을 사용한 사람은 따로 있는 것 아닌가' 하는 의문이 드는 대목이다. 이런 점을 생각하여 "생활이 안정되면서 신석기인들은 팔찌나 목걸이, 귀걸이를 만들어 몸을 꾸미는 장신구로 사용했다"로 고치면 위에서 든 의문이 싹 해소될 수 있다.

🗐 세종의 민본 정치

세종은 조선시대에 가장 훌륭한 업적을 남긴 왕입니다. 그의 업적에는 백성을 근본으로 하는 민본사상과 우리 풍토에 맞는 문물을 만들겠다는 현실 인식이 담겨 있습니다. 세종은 백성이 쉽게 글을 쓸 수 있도록 훈민정음을 창제하고 농사를 잘 지을 수 있도록 측우기·물시계·해시계를 고안했습니다. 또한 우리나라에 맞는 역법서를 만들고 우리 풍토에 맞는 농법을 수합했습니다. 그리고 여론을 조사하여 백성의 부담을 줄일 수 있는 조세 정책을 만들었습니다. 세종은 신분에 관계없이 인재를 등용하고 신권臣權과 왕권王權의 조화를 중시했기 때문에 이러한 업적을 세울 수 있었습니다. 세종은 인사와 군사 분야에서는 이조와 병조의 직계直啓를 용인하고 나머지 신하들에게 맡기는 의정부 서사제署事制를 실시하여 신하들이 자신의 능력을 최대한 발휘하게 한 진정으로 힘이 있는 왕이었습니다.

이 글은 세종의 업적이 지니는 역사적 의의를 매우 잘 정리한 것으로 생각된다. 다만 '신권'이란 단어의 사용은 다시 생각해 봐야 할 듯하다. 우리말에서 사용하는 '신권神權'은 신성한 권리라는 뜻이지 신하의 권리를 뜻하는 단어로 사용하지는 않기 때문이다. '臣權'이라는 한자를 달아놓았으므로 오해할 일은 없으나 사실 이 한자어는 잘 사용하지 않는 생소한 단어다. 이 글에서 굳이 이 단어를 쓴 것은 세종이 왕권만큼이나 신하의 권리도 중시했다는 것을 표현하려 한 것이다. 이 단어를 쓰지 않고 "세종은 신분에 관계없이 인재를 등용하고 신하의 권리를 존중했기 때문에 이러한 업적을 세울 수 있었습니다"로 고쳐도 좋을 것이다. 그리고 마지막 문장은 무슨 내용인지 잘 파악되지 않는다. 직계란 육조의 일을 의정부를 거치지 않고 직접 임금에게 알리는 것이고 서사제란 정승들이 의정부의 업무를 심의한 후에 임금에게 보고하는 일인데, 왜 이 일이 신하들에게 능력을 최대한 발휘하게 한 제도였는지 이해하기 어렵다. 세종이 신하의 능력을 존중하여 그것을 유익한 일에 사용할 수 있게 한 정치 방식을 기술하는 것은 매우 중요한데 예로 든 내용을 이해하기가 쉽지 않아 주제 전달이 잘 안 되는 점이 아쉽다.

수표

〈질문 1〉 수표는 왜 만들었을까요?

조선시대 한성 한가운데에는 청계천이 흘렀어요. 큰비가 내려 청계천이 넘치면 그 주변의 집들과 시내가 물에 잠겨버렸지요. 세종은 청계천이 넘쳐 백성이 피해를 입는 것을 예방하기 위해 수표를 만들게 하였어요. 하천의 물 높이를 보고 가뭄과 홍수를 예측하는 도구였던 수표는 전국의 주요 하천까지 널리 사용되어 백성이 피해를 대비할 수 있게 해준 과학적인 관측기구였어요.

〈질문 2〉 처음부터 돌로 만들었을까요?

처음에는 나무로 만들었어요. 자르고 모양을 다듬기 쉽고, 눈금을 새기기 쉽기 때문이에요. 그런데 나무로 만든 수표가 오랫동안 물에 잠겨 있으니 썩기 시작했어요. 이후 돌 중에서도 단단한 화강암으로 만들었어요.

〈질문 3〉 수표를 자세히 관찰해보세요! 눈금이 보이나요?

수표에는 물의 높이를 알 수 있는 눈금이 있어요. 눈금 하나를 1척이라고 해요. 눈금 한 칸은 20.6cm로, 총 10척까지 표시되어 있어요.

수표에는 구멍이 있어요. 무슨 구멍일까요?

수표 3·6·9척 높이에는 주먹만 한 크기의 구멍이 있어요.

멀리서도 물의 높이를 쉽게 알 수 있도록 만든 구멍이에요.

3척은 갈수渴水(가뭄), 6척은 평수平水(평균 수위), 9척은 대수大水(홍수)를 나타내요. 6척 높이로 물이 흐르는 것이 보통이고, 물의 높이가 9척 이상이 되면 위험하니 대피하라는 표시예요.

구멍 아래에 '계사갱준癸巳更濬'과 '기사대준己巳大濬'이 새겨져 있어요.

"계사년(1713)에 다시 준설하다"와 "기사년(1889)에 대대적으로 준설하다"라는 뜻이에요.

구멍이 있고 글자가 있는 면이 수표의 뒷면이에요. 수표교에서 바라본 면이지요.

수표 앞면은 가이 져 있는데, 상류에서 내려오는 물의 흐름을 방해하지 않기 위해서랍니다.

〈질문 4〉 수표를 관리하는 사람은 누구였으며 무슨 일을 했을까요?

한양 중부 수표지기 오점금은 비가 내리거나 가뭄이 들면 물의 높이를 예조에 보고했어요. "오늘 아침에 비가 내려 물의 높이가 5치 7푼(약 11.7cm)이 되었습니다." 그런데 밤새 큰비가 내렸는데도 물의 높이를 보고하지 않은 수표지기 문팔금은 벌을 받았고, 조선시대 역사서인 실록에 기록되어 지금까지 전해지고 있어요.

〈질문 5〉 비는 우리를 즐겁게도 하지만 걱정스럽게 만들기도 해요. 조선시대 사람들은 어땠을까요?

단비가 내렸을 때: 가뭄을 해소하는 단비로구나. 보사제報謝祭[1]를 거행하라.

드디어 비가 내렸습니다. 다시 식사를 올리고 음악을 연주해도 되겠습니까?

장마가 졌을 때: 장맛비가 그치지 않는구나. 기청제祈晴祭[2]를 거행하라.

위 내용은 '수표'를 소개하는 글이다. 함께 생각할 수 있도록

---

1) 보사제: 하늘의 은혜에 보답하는 제사. 2) 기청제: 날이 맑기를 기원하는 제사.

질문을 주고 답을 기술하는 식으로 수표를 소개하고 있다. 흥미로운 구성 방식이라 생각된다. 질문 다섯 개는 모두 수표라는 유물을 보았을 때 관람객 입장에서 궁금해할 만한 내용이다. 다만 〈질문 2〉는 앞에서 돌로 만들었다는 내용이 없는데 "처음부터 돌로 만들었나요?"라고 물으니 어색한 감이 있다. 그렇다고 해서 〈질문 1〉의 답에 돌로 만들었다는 내용을 넣을 만한 마땅한 곳이 없다. 그러니 〈질문 2〉를 "수표는 무엇으로 만들었나요?" 정도로 질문하면 어떨까 싶다. 〈질문 4〉 "그런데 밤새 큰비가 내렸는데도 물의 높이를 보고하지 않은 수표지기 문팔금은 벌을 받았고, 조선시대 역사서인 실록에 기록되어 지금까지 전해지고 있어요"에서 앞 절의 연결어미 '받았고'가 어색하다. 사건이 동등하게 이어지는 것이 아니라, 앞 절의 사건이 내용이 되어 그것이 기록된 일이다. 그러므로 "수표지기 문팔금은 벌을 받았지요. 이 일이 조선시대 역사서인 실록에 기록되어 지금까지 전해지고 있어요"로 고치면 좋을 것이다.

① 큐레이팅이란 여러 정보를 수집하고 선별하는 과정이다

전시를 준비하다 보면 무엇을 보여줄 것인가에서 무엇을 남길 것인가로 고민의 방향이 바뀌는 지점이 있다. 자료를 모으고 정리하다 보면 중요하지 않은 것은 없다. 그럼에도 무엇이 가장 핵심적인 내용인가를 고민하며 스토리를 짠다. 부족해도 문제지만 욕심이 많아도 문제다. 비난받을 걱정에 모든 자료를 모아 산더미로 만들지는 않는다. 패널의 양도 그렇다. 짧으면 짧을수록 좋다. 설명을 장황하게 하지 않는 훈련은 큰 도움이 된다.

관람객이 패널을 보고 대화나 스토리로 받아들이게 하려면 어떻게 써야 하는가? 전시실에 걸린 패널과 패널, 설명문과 설명문 사이에는 유기적인 연결이 있는지, 전시의 전체 주제와 어떻게 연결이 되는지와 같은 문제의식을 놓치면 분절적인 정보만이 전시실에 놓이게 된다. 전시품과 직접 연관되지 않는 설명으로 지나치게 흐르는 것은 아닌지, 개별 유물에 대한 정보를 주되 전시의 큰 주제와는 어떤 연관을 지니는지를 고려한다.

패널과 설명 카드 원고를 쓸 때
다음과 같은 방법도 있다

전시품을 배치할 때는 유물의 크기와 진열장 내 차지하게 될 체적을 고려한다. 전시 배치가 끝나면 전시 동선을 상상하고 그 앞을 지나는 관람객의 입장이 되어본다. 관람객 옆에서 잠깐의 시간이 주어진다면, 무엇을 꼭 말하고 싶은가 상황을 설정한다. 나에게 주어진 시간은 1분밖에 없고, 마찬가지로 그에게도 나와 만날 수 있는 시간이 단 1분뿐이라면, 그 귀한 시간에 우리는 어떤 것을 바라보고, 어떤 얘기를 할 것인가? 이런 질문을 스스로 던지는 것이다. 기록이 많지 않은 유물일수록 찾아낸 정보 어느 하나 귀하지 않은 것이 없다. 중요하지 않은 얘기는 하나도 없고, 놓치면 안 되는 정보가 너무나 많다. 하지만 버려야 한다. 내가 다 말해줄 필요는 없으니, 안내자로서 꼭 놓치고 싶지 않은 한 가지에 대해 생각하는 편이다.

패널과 설명 카드는
짧고 명료할수록 더 많이 읽힌다

관람객은 이 전시를 어떻게 볼지, 어느 정도 머물며 무엇을 얻어 갈지 굳이 의식하며 미루어 짐작하지 않더라도 이런 생각은 무의식적으로 하게 된다. 관람 초반에 갖게 된 생각은 대체로 유지되는데, 짧게 쓴 설명일수록 관람객은 꼼꼼하게 읽는 경향이 있다. 전시에서 다루는 주제, 소재, 출품 작품을 나열하거나 전시에서 얻고자 하는 목표를 되풀이해서 말하는 것을 지양해야 한다.

큐레이터가 중요하다고 말한 것에 얽매여 좀 더 창의적으로 전시를 관람할 기회를 놓치지 않게 한다. 관람객에게 와닿는 전시의 메시지는 사람마다 다를 수 있다. 각자의 주제를 찾아갈 수 있도록 하는 전시가 좋은 전시다. 한편에서는 큐레이터가 가리키는 방향을 보다가 정작 중요한 것을 놓치게 하지는 않을지, 이번에 담지 못한 정보는 어떤 방식이나 매체로 소화할지를 항상 염두에 둔다. 이와 관련해 심도 있는 정보와 지식을 원하는 관람객을 위해서는 학술대회나 전문가 강연을 기획할 수 있다.

② 눈으로 보고 귀로 듣는 전시글

**전시실의 글은 기본적으로
들려주는 이야기를 지향한다**

원고를 쓴 후에는 길이, 호흡, 단어의 변화, 글의 리듬감 등이 듣는 이를 배려하고 있는가를 확인해본다. 글이 놓이는 방식과 형태 등의 디자인이 중요한 것도 이런 이유다. 물론 눈으로 보는 글뿐 아니라 목적 자체가 귀로 듣는 원고도 있다. 모바일용 전시 안내 앱이나 오디오 가이드 글은 관람객의 이동을 전제로 하기 때문에 눈으로는 전시품을 보면서 설명을 들을 수 있게 작성한다. 관람 동선을 따라 걷는 관람객의 움직임과 속도, 시선을 예상하면서 정보의 적절한 분량을 안배해야 한다. 이것은 눈으로 보는 글을 쓸 때도 주의해야 하는 공통된 유의점이다. 어떤 크기, 어떤 글씨로 붙이는 것이 좋은지를 결정할 때는 항상 관람객의 입장에서 고민한다.

어디에, 어떤 목적으로 사용되느냐에 따라
글의 어조와 분량, 속도감이 달라진다

이런 원칙은 비단 오디오 가이드에만 한정되지 않는다. 다른 원고를 쓸 때도 글의 운율 등은 중요하다. 누군가가 들려주는 이야기는 책이나 글로 알게 되는 정보와는 또 다른 듣는 즐거움이 있다. 인물과 사건, 주인공이 어려움을 어떻게 극복하는지, 결말은 어떻게 되는지를 알고 있더라도 몰입의 즐거움은 다르지 않다. 이야기를 해주는 사람에 따라 서사가 풍부해지고, 세부적인 내용이 달라지기도 한다. 때로는 주어진 시간이나 상황, 이야기꾼의 강조점에 맞춰 생략되기도 한다. 그럴 때면 이미 이야기를 다 알고 있는 어떤 청중은 "왜 어물쩍 넘어가냐?"고 항의하기도 하고, 기억나지 않는 대목은 이야기를 외우고 있는 청중에 의해 보완되기도 한다.

기술과 매체의 변화에도 불구하고 말로 들려주는 이야기의 힘은 변하지 않는다. 한편 질문형 원고인 경우도 고민이 필요한 지점이 있다. 질문형 글이 모두 좋은 건 아니다. 관람객이 궁금해하지도 않는 질문을 던진다면 오히려 산만함을 더해줄 뿐이다.

③ 와닿는 전시글 쓰기

읽는 전시글 vs 읽지 않는 전시글

"큐레이터는 신경 쓰이고 관람객은 머리 아프다."

전시실에서 만나는 글 이야기다. 관람객은 전시실 곳곳에서 여러 가지 글을 만난다. 전시를 여는 글, 크고 작은 주제글, 유물 설명글, 마무리 글 등이 바로 그런 것들이다. 큐레이터는 관람객에게 도움을 주려고 정성스레 글을 쓰고 전시실에 알맞게 배치한다.

관람객은 글을 어떻게 대할까? 아쉽게도 전시글을 읽지 않고 지나치는 경우가 적지 않다. 때로는 '스친다'는 표현이 어울릴 정도다. 글이 어려워서든, 도움이 안 되어서든, 글보다 영상에 익숙해서든, 이유가 많겠지만 사실이 그렇다. 이쯤 되면 뭔가 해결책이 필요하다. 전시글이 장식이 아니라 읽히는 글이 되려면 어떻게 해야 할까?

뜻밖에 간단하다
일단 짧으면 된다

글이 길면 아예 읽을 마음이 생기지 않는다. 이 점을 간파한 어느 박물관에서는 재빨리 글의 양을 대폭 줄였다. 큐레이터는 단어와 문장을 고르고 골라 짧게 썼다. 이뿐만 아니다. 이해할 수 있는 글을 쓰려고 노력했다. 큐레이터들은 중학교 2학년 정도의 청소년이 어려움 없이 읽을 수 있도록 신경을 썼다. 또 전문 용어를 쉬운 말로 바꾸었다. 여기에서 그치지 않았다. 글이 있는 장소를 줄였다.

드디어 전시가 시작되었다. 결과는 어땠을까? 최근 2~3년 동안 전시를 볼 때면 관람객이 글을 얼마나 오래, 집중해서 보는지 유심히 살펴보곤 했다. 전시글이 줄면서 전시가 간결하게 보이고 글이 주는 중압감은 줄었지만, 그렇다고 관람객이 글을 더 열심히 읽거나 하지는 않는 것 같다. 그동안 놓치고 있던 점은 무엇일까? 전시글이 다른 글쓰기와 다른 점은 무엇일까?

4 잘 지은 제목은 전시의 주제를 잘 드러낸다

박물관에서는 관람객이 평소 접하기 어려운 분야의 전시도 열린다. 상당히 중요한 역할을 하지만 잘 알려지지 않은 보존 과학이 대표적인 사례다. 전시를 준비하는 사람들은 짧은 글에 어렵고 낯선 이야기를 설득력 있게 담아내기 위해 깊이 고민한다. 지난 2020년 국립중앙박물관에서 열린 《빛의 과학-문화재의 비밀을 밝히다》 특별전은 이런 고민의 흔적을 잘 보여 준다.

특별전은 모두 세 주제로 이루어졌다. 첫 번째 주제는 '보이는 빛-문화재의 색이 되다', 두 번째 주제는 '보이지 않는 빛-문화재의 비밀을 밝히다', 세 번째 주제는 '빛-문화재를 진찰하다'로, 제목이 쉽고 담백하고 직관적이다. 설사 관람객이 본문의 글을 읽지 않고 제목만 보고 지나가더라도 문화재와 빛의 관계, 빛의 역할을 어렵지 않게 짐작할 수 있다. 잘 지은 제목은 전시가 어려울 것이라는 선입견을 바꾸는 데 한몫한다.

📋 만약 빛이 없다면, 문화재나 예술품의 아름다움을 감상하는 것이 불가능할 겁니다. 특히 문화재를 감상하기 위한 광원光源은 문화재가 갖고 있는 본래의 색이 잘 보이도록 해야 합니다. 태양 빛과 비슷한 조명, 즉 연색성이 우수한 조명을 비출수록 사람들은 물체 본래의 색을 잘 인식하게 됩니다.

제시한 글은 첫 번째 주제의 앞부분이다. 이 글에서 비교적 낯선 단어로 광원과 연색성 정도를 꼽을 수 있고 나머지는 일상적인 단어들이다. 광원은 여러 분야에서 두루 사용되어 크게 낯설지 않고 연색성도 앞부분에서 미리 설명해 관람객의 이해를 도왔다. 전문 용어가 지나치게 많다면 관람객은 애써 읽기보다 읽기를 재빨리 포기할 가능성이 높다. 전문 용어를 얼마나 어느 수준까지 사용할 것인가는 큐레이터의 판단에 달렸지만, 글은 관람객의 머리에 가닿을 때 의미가 있다는 점을 염두에 두면 좋겠다.

📋 1989년 국립중앙박물관에서는 공주 무령왕릉에서 출토된 국보 164호 왕비 베개頭枕를 적외선으로 조사하여 '갑甲'과 '을乙'이라는 명문을 찾아낸 것을 시작으로, ……

이 글은 두 번째 주제의 중간 부분이다. 이 글의 앞부분에서는 문화재 조사에 쓰이는 빛의 종류와 특성을 설명하였고 이어서 이 빛으로 국립중앙박물관에서 문화재를 조사한 첫 사례를 제시하였다. 관람객은 실제 사례를 읽으며 문화재의 비밀을 밝힌다는 의미를 구체적으로 이해할 수 있다. 적절한 실제 사례는 관람객을 끌어당기는 힘이 강하다.

> 🔘 사람들은 몸이 아플 때나 앞으로 아프지 않기 위해 병원에 갑니다. 그렇다면 문화재가 아프면 어디로 가야 할까요? 국립중앙박물관 보존과학부는 문화재를 위한 종합병원입니다.

세 번째 주제의 앞부분으로 사람들이 겪는 일상적인 사례로 글을 시작했다. 관람객은 병원에서 진찰받은 경험을 떠올리며 글을 읽어 나간다. 이어지는 글은 박물관에서 문화재를 진찰하는 과정과 특징을 소개한다. 비록 어려운 주제라도 관람객이 쉽게 이해하고 떠올릴 만한 사례를 찾아 연결한다면 글의 진입 장벽은 낮아지고 설득력은 높아질 것이다.

⑤ 전시의 이유를 분명하게 드러낸 글일수록 또렷하게 와닿는다

2021년 국립중앙박물관에서 《조선의 승려 장인》 특별전이 열렸다. 불교미술 작품을 만든 조선의 승려 장인을 조명한 전시였다. 그동안 승려 장인은 뛰어난 작품을 만들었지만, 대중의 관심에서 벗어나 있었다. 전시실 입구에 걸린 전시 소개 글은 관람객에게 이야기를 들려주듯 글을 시작했다.

> 작품을 보다 보면 그 쓰임새와 의미뿐만 아니라 누가 만들었는지 궁금해질 때가 있습니다. 오늘날 미술품으로 분류되는 과거의 작품들은 장인이 제작한 경우가 많습니다. 그중에서도 신앙 활동과 장엄 등을 목적으로 하는 불교미술은 승려 장인이 만든 예가 상당수에 이릅니다.

이 문단에서 사용한 단어나 문장은 어렵지 않아 글의 뜻을 이해하기 쉬웠다. 이 글은 '누가'라는 말로 작품을 만든 사람의 문제를 건드린다. 박물관에 전시된 유물을 볼 때 대부분 눈앞에서 보고 있는 유물에 집중하기 때문에 그것을 만든 사람까지 관심이 미치는 경우는 많지 않다. 이 전시의 문제의식은 이 지점에서 출발했고 전시 글은 장인 가운데 승려 장인에 초점을 맞춘다.

> 📑 승려 장인은 출가한 승려이자 전문적인 제작자라는 서로 다른 두 가지 정체성을 지닌 이들을 말합니다. 그들은 수행승이자 예술가로서 깨달음과 아름다움을 동시에 추구했습니다.

이 글에서는 승려 장인의 문제를 한 단계 깊이 끌고 갔다. 승려 장인을 어떻게 바라볼 것인가는 큐레이터마다 다르며 그 판단에 따라 전시의 주제와 방향이 달라진다. 이 전시에서 큐레이터는 승려 장인을 수행승이자 예술가라고 분명하게 말했다. 글을 읽은 관람객은 승려 장인의 정체성을 생각해보는 한편 전시가 이 내용을 중심으로 펼쳐질 거라 예상한다.

> 📑 이 전시에서는 이와 같은 승려 장인의 세계를 조명하여 불교미술을 만든 '사람'과 그것이 탄생한 '공간'을 중심으로 조선시대 불교문화를 다각적이고 폭넓게 이해하고자 합니다.

전시 주제가 가장 선명하게 드러난 부분이다. 승려 장인을 조명하고 사람과 공간을 폭넓게 이해하고자 한다는 점에 전시의 초점을 맞추었다. 사람과 공간은 전시를 풀어나가는 중요한 개념이며 승려 장인을 살아 숨 쉬도록 만드는 단어다. 사람과 공간은 큐레이터의 끈질긴 질문 끝에 나온 답일 것이다. 괸람겍은 주제가 잘 드러난 글에 깊이 공감한다. 글의 깊이와 힘은 큐레이터가 문제의식에 어떤 질문을 얼마나 던져 주제를 구체화하는가에 달렸다.

다음 문장은 전시 소개 글 가운데 가장 매력적이었다. 이 문장을 여러 번 읽으며 승려 장인의 손을 상상했다. 이때 추상적인 내용이 구체적으로 다가왔고 조금 긴장된 마음이 편안해졌다. 때로는 주제를 잘 녹여낸 서정적인 한 문장이 관람객의 마음을 움직인다.

📋 승려 장인의 이야기는 '손으로부터' 시작합니다.

⑥ 학예연구사의 전시글 쓰기
_재맥락화

학예연구사는 재미있는 전시글을 쓰려고 노력한다. 그러나 생각만큼 쉽지 않다. 재미있는 글이란 뭘까? 여러 가지 답이 가능하겠지만 관람객이 몰입할 수 있는 글을 '재미있는' 글이라고 할 수 있다. 어떻게 하면 그런 글을 쓸 수 있을까? 그래서 조금이라도 관람객에게 도움이 될 수 있을까? 전시글의 역할에 따라 구성 내용이 다르지만, 어떤 전시글이든 관람객에게 가닿을 수 있어야 한다는 점이 중요하다. 그렇게 하려면 관람객이 읽을 수 있는 글로 바꾸어 써야 한다. 이때 학예연구사에게 필요한 건 무엇보다 재맥락화다.

재맥락화, 그러니까 특정한 텍스트를 맥락과 상대에 따라 적절하게 활용할 수 있는 능력이 리터러시의 필수 역량인 거죠. 맥락이 달라지면 주어진 텍스트가 전달되는 방법도 당연히 달라져야 하는데, 어떻게 바꿀지를 아는 거예요. 이때 상대의 지식과 흥미, 집중력에 대한 이해가 필수죠. 상대를 고려한 내러티브 생산 능력이 결정적인 역할을 하는 거예요. (김성우·엄기호 지

음, 『유튜브는 책을 집어삼킬 것인가』, 따비, 2020, 212쪽)

재미있는 글은 관람객이
끝까지 읽어낼 수 있는 글이다

요즘 관람객들이 전시글을 읽지 않아 박물관에서는 여러 가지 방안을 모색하고 있다. 그중 손쉬운 방법이 글의 양을 줄이는 것이다. 그런데 학예연구사 입장에서는 줄어든 주머니에 여러 이야기를 담으려니 글쓰기가 여간 어려운 일이 아니다. 관람객 입장에서는 글이 짧아 좋다기보다 읽어도 무슨 내용인지 이해하지 못하는 일이 생긴다. 전시글의 양을 적절하게 정하는 것은 중요하다. 그러나 그 전에 학예연구사의 이야기를 핵심 관람객층에 맞는 언어로 번역하는 일, 즉 재맥락화가 필요하다. 단어, 문장, 글의 얼개를 자유롭게 변신시킬 때 관람객에게 와닿는 전시글이 될 가능성이 높다.

⑦ 누가 전시글을 읽을지, 먼저 생각한다

중학교 2학년 정도의 청소년에 맞춰
글을 쓰라는 큐레이터들이 제법 많다

전시장에는 특정 연령층이 아니라 다양한 연령층이 온다. 그렇기 때문에 글쓰기가 어렵다. 여기서 말하는 중학교 2학년 정도 수준은, 일반적으로 많은 사람이 읽고 이해하는 데 어려움이 없다고 생각되는 일종의 가이드라인이다. 그런데 어떤 수준이 중학교 2학년 정도의 수준인지는 명확하지 않다. '쉽게'라는 기준이 중학교 2학년 정도이지만 정작 그 수준이 어떤 것인가는 큐레이터마다 다르다.

쉬운 전시글은 어떤 글일까? 모든 사람을 만족시키는 글이 아니라 전시글을 읽었을 때 대부분 사람이 큰 어려움 없이 읽을 수 있다는 것을 뜻한다. 큐레이터가 관람객의 입장이 되어 무엇이 궁금할지, 큐레이터가 말하고자 하는 걸 관람객의 입장에서 꼭 알아야 하는 것인지를 따져보면 글쓰기가 한결 수월하다. 전시에 관심이 있을 법한 지인을 떠올리거나 가족을 떠올려도 도움이 된다.

중학교 2학년 수준의 글쓰기라고 하지만 정작 중학교 2학년이 전시글을 읽는 경우는 드물다. 누가 전시글을 읽을까? 경험으로 보면 초등학생이나 청소년이 전시글을 읽는 경우는 흔하지 않다. 전시글은 대부분 성인 가운데 전시에 특별한 관심이 있는 사람이 읽는다. 전시를 보러 와도 전시글을 읽지 않은 성인이 많다. 전시글을 읽는 관람객들은 전시글이 호기심을 해결해 주거나, 전시를 보는 데 도움이 된다는 것을 아는 사람이다.

아래 글은 쉬운 전시글로 고쳐써 본 예다.

📄 백제 사찰은 정림사와 왕흥사, 미륵사 등이 대표석이다. 백제의 우수한 건축 기술과 독창적인 가람 배치는 일본에 전해져 일본의 건축 발전에 큰 영향을 미쳤다.

✏️ 백제를 대표하는 절에는 정림사와 왕흥사, 미륵사 등이 있다. 이 절들은 백제의 우수한 건축 기술과 독창적인 건물 배치 방식을 보여 준다. 백제의 절 건축 기술은 이후 일본에 전해져 일본의 건축 발전에 큰 영향을 미쳤다.

관심 있는 관람객이라도
모든 전시글을 읽지는 않는다

필요한 부분을 읽는다. 관람객은 전시글을 지나치더라도 마음에 드는 전시물을 만났을 때, 유물을 보다가 전시글에 눈을 돌린다. 전시글의 역할은 관람객이 필요로 할 때 읽을 수 있도록 잘 자리 잡는 것이다. 무조건 전시글의 양과 설치되는 곳을 줄이기보다 어느 부분에서 어떻게 필요한지를 파악하는 것이 중요하다.

⑧ 전시글에 담아야 하는 것들

큐레이터는 글을 쓸 때
객관적으로 쓰려고 노력한다

이때 객관은 사실의 객관성을 뜻한다. 어느 전시글이든 큐레이터의 관점이 반영된다는 점에서, 사실 어느 쪽에도 치우치지 않는 객관적인 전시글은 없다. 큐레이터는 사실을 바탕으로 자신의 의견을 말한다. 그러나 전시글이 주관적이라고 해서 마음 내키는 대로 쓸 수는 없다. 전시글은 설득력과 책임을 전제로 한다. 사실을 왜곡하거나 고의로 누락시키거나 논리를 비약해서는 안 된다. 또한 주제 의식을 묻고 또 물어야 한다. 전시는 정도의 차이는 있지만 주관적인 면이 있고, 그렇기 때문에 때론 논쟁을 불러일으킨다. 긍정적인 논쟁은 전시의 가치를 훼손시키지 않고 오히려 전시를 풍부하게 만든다.

📄 한반도에서 가장 오래된 유리?

한반도에서 가장 오래된 유리는 부여 송국리 독무덤에서 나온 상감유리와 보령 평라리 돌널무덤에서 나온 유리구슬입니다. 송국리 유리는 납이 22% 이상 함유된 납 유리이고, 평라리 유리는 칼륨 유리입니다. 그런데 송국리 유리는 도굴되었다가 다시 찾아온 것이고, 평라리 유리는 무덤 구역에서 발견된 것이어서 기원전 5세기의 유리구슬로 단정하기 어렵다는 지적이 있습니다. 더욱이 기원전 5세기 이전에 한반도에서 유리를 사용했다는 주장은 중국과 동남아시아 유리구슬 제작 시기를 고려할 때 근거가 부족하다는 지적도 있습니다. 무엇보다 한반도에서 이와 비슷한 유리 제품이 기원전 2세기에나 등장한다는 점에서 청동기시대 유리의 존재를 적극적으로 주장하기에 다소 무리가 있습니다. 물론 이들 유물이 청동기시대 후부터 한반도에서 유리를 자체적으로 만든 증거라고 보는 사람도 여전히 있습니다.

객관적인 사실을 중심으로
글을 전개하는 사례도 많다

정보 전달의 비중이 높을수록 큐레이터가 자신의 가치 판단을 직접적으로 드러내는 표현을 줄이려는 경향이 크다. 그러나 이런 경우에도 주제 의식은 중요하다. 주제 의식에 따라 이 사실들은 무미건조해질 수도 있고 반짝거릴 수도 있다. 그래서 큐레이터의 주제 의식이 분명하고 선명해야 한다. 주제 의식에 따라

비슷해 보이는 글이라도 문장, 동사, 부사, 형용시, 문장의 배치가 달라진다. 때로는 단 하나의 동사, 부사에 따라 글의 무게가 달라진다.

전시글은 큐레이터가
관람객에게 들려주는 전시 이야기다

관람객은 전시글을 읽으며 큐레이터의 뜻을 이해한다. 큐레이터는 일방적으로 이야기를 들려줄 수도 있고 관람객에게 생각할 여지를 만들어줄 수 있다. 관람객 입장에서는 생각할 거리를 만들어주는, 즉 적절한 질문이 있는 전시글이 마음 깊이 와닿는다. 관람객에게 어떤 물음을 던질 것인가? 알고 있는 사실에 대한 반문, 전혀 생각해보지 않았던 문제, 사소하고 당연한 것에 관한 질문일 수 있다.

질문을 던지기보다 이야기를 전달하는 데
집중한 전시글이 제법 많다

이런 점을 보면 전시글에서 질문하기란 생각보다 쉽지 않다. 그러나 최근에는 질문을 던지는 글이 늘어났다. 질문은 관람객이 전시를 보는 중심이자 핵심 키워드로 작동한다. 같은 질문이라도 관람객마다 답이 다르다. 적절한 질문은 관람객이 전시에 적극적으로 참여하도록 이끄는 디딤돌이다.

만연체의 전시글을 만날 때가 있다. 이럴 때면 곤혹스럽다. 관람객의 생각은 문장 단위로 이루어진다. 마침표나 쉼표가 나오는 순간 생각이 일단 정리된다. 그런데 만연체의 글을 읽을 때 관람객의 머릿속에 혼란이 일어나 생각을 멈출 가능성이 높다. 만연체를 읽기 위해서는 많은 힘이 들어간다. 그리고 큐레이터가 무슨 말을 하려는지 제대로 파악하기 어렵다. 이때 관람객은 애써 읽기보다는 포기하는 쪽을 택한다.

전시글에서 단문이 늘 좋은 건 아니지만 관람객이 수월하게 읽을 수 있는 크나큰 장점을 지닌다. 관람객은 단문을 읽을 때 내용을 빨리 이해하고 정리할 수 있다.

📄 삼국시대의 '철'은 최고의 첨단 소재로, 이러한 철이 풍부했던 가야는 '철의 왕국'으로도 불린다.

✏️ 삼국시대에 '철'은 최고의 첨단 소재였다. 철이 풍부했던 가야는 '철의 왕국'으로도 불린다.

단문은 큐레이터가 무엇을 말하려고 하는지 선명하게 보여준다. 점점 만연체의 글은 줄어들고 단문으로 이뤄진 글들이 늘어나는 추세다. 단문으로 이뤄진 글은 만연체의 글에 비해 읽는 속도가 빠르다. 군더더기가 적고 말하고자 하는 핵심이 분명하기 때문에 힘이 세다. 요즘은 전시글의 분량을 줄이는 추세여서 단문 쓰기의 중요성은 더욱 부각되고 있다.

전시글에서 개념어나 추상적인 표현을 만나는 경우가 생긴다

이럴 때 관람객은 단어의 의미와 표현이 의도한 바를 해독하느라 바쁘다. 문제는 관람객 각자의 해석이 과연 큐레이터가 말하고자 한 것인지 알기 어렵다는 점이다. 다만 추측할 뿐이다. 개념어나 추상적인 표현은 멋있어 보이지만 의미가 모호해 이해하는 데 어려운 경우가 많다. 개념어와 추상적인 표현을 관람객이 쉽게 이해할 수 있는 말로 바꿔 쓴다면 읽기 편한 전시글이 될 것이다.

> 농업 생산력의 장악을 의미하는 작은 모형 농공구를 만들어 지배자의 무덤에 함께 넣기도 했다.
> 농업을 관리한다는 의미를 담은 작은 모형 농공구를 만들어 지배자의 무덤에 함께 넣기도 했다.

예문에서 "농업 생산력의 장악"이라는 표현은 지나치게 비유적이거나 추상적이다. 정확하게 어떤 의미로 서술했는지 모호하다. 따라서 보다 쉬운 표현으로 대체하는 것이 관람객을 위해 좋다.

⑩ 패널과 설명 카드

**패널과 설명 카드도
쉽게 읽히는 것이 중요하다**

단순하게 쓴다는 것이 단지 쉽게 쓴다는 것은 아니다. 더 많은 이가 공감할 수 있는 글을 쓰겠다는 목표를 갖는 것이다. 충분히 유물과 연결하지 못한 글은 읽히지 못한다. 그래서 이 주제가 나와 어떻게 연관되는지, 전시에서 말하고자 하는 큰 개념이나 관점이 개별 유물이나 각 장의 테마를 구상하는 데 적용될 수 있어야 한다. 그래야 전시를 보는 관람객의 마음을 얻을 수 있고, 전시 몰입도를 유지할 수 있다.

**관람객과 만나는 지점과 상황에 따라
글은 다양하게 변주된다**

한 전시에 사용되는 원고라 할지라도 그 용도가 전시실 벽에 걸리는 패널 원고인지, 진열장 안에 유물 바로 옆에 놓는 설명 카드인지, 귀로 듣는 오디오 가이드용 원고인지, 들고 다니며 눈으로 보아야 하는 리플릿인지에 따라 제각기 다르다. 개별 유물의 설명이어도 전시실 바깥에서 관람객의 입장에서 보고 읽기에 좋은 위치에 배치할 경우라면 큐레이터가 고려해야 할 상황은 또 달라진다. 벽부형 진열장인가, 독립장인가, 위에서 조망하는 사면식인가 등은 설명 카드의 형식, 글씨 크기에 영향을 미친다.

📄 1957년 1월, 석탑 주변에서 화사석을 수습하던 중 함께 발견한 상대석의 파편입니다. 석탑의 남쪽 3m 지점에 박혀 있던 것을 파낸 것이라고 합니다. 장식이 없는 연꽃잎 8장으로 이루어진, 즉 팔엽八葉 연화문 상대석인데, 지금은 두 장의 연화蓮花만 남아있습니다. 기와나 연화대좌 등에 장식이 없는 연화가 등장하는 것은 7세기까지의 일로, 미륵사 석등의 제작 시기도 7세기 전반 창건기로 볼 수 있습니다.

✏️ 이 상대석 조각은 1957년 1월, 석탑 주변에서 화사석과 함께 발견되었습니다. 상대석은 화사석 위에 얹는 돌을 가리킵니다. 석탑의 남쪽 3m 지점에 박혀 있던 것을 파낸 것입니다. 원래는 장식이 없는 연꽃잎 8장이 이어진 모양이었을 것인데, 지금은 꽃잎 두 장만 남아 있습니다. 기와나 불상을 올려놓는 대에 장식이 없는 연꽃이 등장하는 것은 7세기까지로, 이는 미륵사 석등이 만들어진 시기와 같습니다.

국립경주박물관 상설 전시 (신라역사관)
대패널은 일반적으로 대주제를 구획하는 별도 공간의 시작점에 설치되는 경우가 많다.
전체적인 전시의 맥락을 설명하는 대패널 설치의 사례

신라 천 년 역사를
마감하다

9세기 말, 신라 왕실은 귀족과 백성을 통제할 수 없는 상황에 이르렀고 나라는
빠르게 기울어 갔습니다. 그리고 마침내 935년 경순왕이 고려 태조에게 항복
하면서 약 천 년에 걸쳐 번성하던 신라라는 역사 속으로 사라졌습니다.

Silla society was stable until the middle of the 8th century, and after that
time political strife frequently arose. The rulers of that time were
unsuccessful in instituting fundamental reforms and control. Silla
gradually declined and the millennial kingdom faded into the mists of
history.

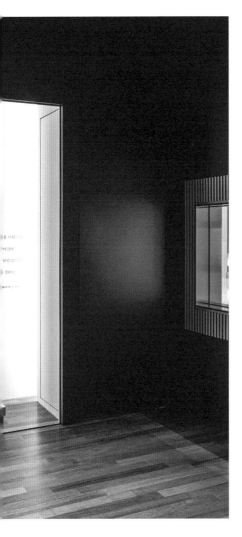

국립경주박물관 상설 전시 (신라역사관)
소패널은 해당 진열장 내 전시품의 역사적
맥락을 설명하는 경우가 많다.
진열장 외부의 빈 공간이나 내부의 벽면을
활용하는 소패널 설치의 사례

무엇을 만들어 드릴까요?
Which Sculptures Do You Need?

사찰에는 근엄하고 위엄 있는 부처와 보살만 있는 것이 아닙니다. 저승 세계를 관장하는 명부전冥府殿에서는 어린아이 모습을 한 천진난만해 보이는 동자상도 만날 수 있습니다. 조선 후기에는 전란으로 목숨을 잃은 수많은 이들의 명복을 빌고자 많은 사찰에서 명부전을 지었습니다. 동자상은 명부전에서 사람이 죽은 다음의 세계를 관장하는 시왕상十王像을 보좌하는 역할을 했습니다. 한편 멀리 이동하거나 개인 수행을 위한 용도로 추정되는 작은 불감佛龕도 많이 만들어졌습니다. 이처럼 승려 장인은 봉안 목적과 공간을 고려하여 불상과 보살상뿐만 아니라 다양한 조각상과 공예품을 제작했습니다.

2021년 국립중앙박물관 특별전 《조선의 승려 장인》
질문의 형식으로 전시 주제에 대한 흥미를 유도하는 패널의 사례

1	
저의 집을 소개합니다	집안 곳곳에 보이는 작품들은 저의 취향과 안목이 스며든 수집품입니다. 사람들과 함께하는 것을 좋아해서 '가족과 사랑'을 다룬 회화와 조각 작품을 모았습니다. 작은 방에 함께 놓은 조선백자와 현대 회화 작품이 은근히 잘 어울립니다. 저의 수집벽을 보여주는 방에는 조선시대 생활용품이 그득합니다. 작은 정원의 동자석은 얼굴 표정이 다양하고 재미있습니다. 모네의 정원에서는 자연을 사랑하는 마음과 독특한 시선을 경험할 수 있습니다. 저의 수집품과 함께 눈이 즐겁고 마음이 따뜻해지는 시간이 되길 바랍니다.
1	Into My House
	The artifacts and artworks displayed in this house reflect my taste and eye for art. My favorite theme, "Family and Love," binds the paintings and sculptures. The porcelain ware of the Joseon period and contemporary paintings mesh nicely in a small room. Another room is filled with household objects of the Joseon period, betraying my penchant as a collector. The varied, funny expressions of stone boy figures brighten a small garden. In Monet's garden, you will experience an artist's love for nature and unique perspective. I hope my collection will please your eyes and warm your hearts.

2022년 국립중앙박물관 특별전
《어느 수집가의 초대-고故 이건희 회장 기증 1주년 기념전》
특징적인 디자인 요소를 활용한 패널의 사례

「황비창천煌丕昌天」이 쓰인 거울

「煌丕昌天」銘銅鏡
Bronze Mirror with the Inscription of
"Hwangbichangcheon"

고려 高麗	Goryeo
개성 부근 출토	Excavated near Gaeseong
청동 靑銅	Bronze
덕수 4927	duk 4927

파도가 출렁이는 먼 바다로 배 한 척이 나아가고 있다. 배 안에 표현된 인물은 새로운 세계로 거침없이 향하던 고려인의 모습을 떠오르게 한다. 바다는 다양한 물건이 오가는 교류의 길이지만 예상할 수 없는 위험이 도사리고 있었다. 사람들은 청동 거울을 바다에 던져 넣거나 거울을 사용해 제사를 지내며 무사히 항해를 마칠 수 있도록 기원했다. '밝게 빛나는 창성한 하늘'을 의미하는 글씨 「황비창천煌丕昌天」이 거울에 써 있다.

유리 주자

琉璃製注子
Glass Ewer

개성 부근 출토	Excavated near Gaeseong
유리 琉璃	Glass
덕수 1332	duk 1332

개경의 외항인 벽란도는 낯선 용모의 외국인들에게도 열려 있었다. 『고려사』에는 현종대인 1024년과 1025년, 1040년에만 약 100명의 대식국大食國, 즉 아라비아 상인이 방문했다고 한다. 「쌍화점雙花店」을 비롯한 고려 가요에 회회回回아비가 운영하는 가게가 있었으며, 귀화한 무슬림이 고위 관직을 역임한 기록도 전한다. 개성 부근에서 출토된 이 주자의 정확한 용도는 알 수 없지만, 형태는 이슬람교의 예배의식에서 성수聖水를 담는 병과도 유사하다. 고려 무덤에 부장된 수입품으로, 개경의 일상 공간과 외부 세계와의 교류를 엿볼 수 있는 중요한 사례이다.

2018년 국립중앙박물관 특별전 《대고려, 그 찬란한 도전》
전시품의 역사적 맥락을 함께 다루고 있는 설명 카드의 사례

The Sixteen Arhats of Tongdosa Temple
(The Tenth of the Sixteen Arhats)

통도사 십육나한도(제10존자) 비단에 색 / 국립중앙박물관 1·통도사
축연(19세기 후반~20세기 초반 활동) 등 2명
1926년, 비단에 색
통도사성보박물관

Chukyeon (active late 19th – early 20th century) and one other monk-painter
1926, color on silk
Tongdosa Museum

금강산 구룡폭포 앞에 앉아 있는 나한을 그린 특이한 그림입니다. 이러한 화면 구성은 불사를 따라 이동하는 승려 장인의 삶을 보여주는 듯합니다. 이 그림을 그린 축연"죠은 1915년 '금강산 유점사의 화승'으로 신문에 소개될 정도로 유명했습니다. 1910년대 중반 이후 금강산 관광이 유행하고 철로가 개통되면서 관광안내서와 사진첩이 간행되었습니다. 축연은 당시 유통되던 시각 이미지를 자신의 작품에 응용했습니다. 나한보다 화면 중앙의 폭포를 강조한 파격적인 구성이 흥미롭습니다.

This painting of an arhat depicts a complete view of Guryong Falls on Geumgangsan Mountain. The arhat portrayed as a practitioner set against the backdrop of Geumgangsan Mountain is reminiscent of a monk artisan who travels to take part in Buddhist projects. Chukyeon (active late 19th · early 20th century), who was responsible for this painting as the head monk-painter, was famous to the point of being featured as the 'monk-painter of the Yujeomsa Temple on Geumgangsan Mountain' in a newspaper article in 1915. As sightseeing trips to Geumgangsan Mountain became popular and railroads into the area were opened in and after the mid-1910s, travel guidebooks and photo albums of Geumgangsan Mountain were published. Chukyeon is known to have consulted images in these publications as source material for his paintings.

나한도 비교하기

경상북도 지역에서 활동한 화승들이 제작한 나한도

활력 넘치는 사찰 구성 · 한복의 중생으로 표현된 나한 · 다소곳한 채색

서울·경기 지역에서 활동한 화승들이 제작한 나한도

섬세로운 구름과 소나무 · 가는 먹선으로 그린 나한 · 이형을 드리낸 호랑이

제작에 참여한 화승

제7·9·11·13·15존자

금어 비구 정수　金魚 比丘 定洙
　　　의겸　　　 義兼

제8·10·12·14·16존자

금어 비구 상겸　金魚 比丘 尙謙
　　비구 계관　　 比丘 戒寬
　　비구 유홍　　 比丘 宥弘
　　비구 법성　　 比丘 法成
　　비구 우열　　 比丘 宇悅

2021년 국립중앙박물관 특별전《조선의 승려 장인》
전시품의 이해를 돕기 위하여 추가 자료를 덧붙인 설명 카드의 사례

⑪ 보도 자료 잘 쓰는 법

홍보와 언론을 전문적으로 담당하는 직원이 있더라도 보도 자료를 쓰고 취재나 인터뷰에 대응하는 것은 담당 큐레이터의 일인 경우가 많다. 큐레이터는 각종 매체에 전시 정보를 제공하고 적극적으로 홍보하기 위해 전시 운영 기간 동안 주제, 기획 기사, 심층 자료, 연계 행사 등의 홍보 자료를 만든다. 전시 전반에 대한 보도 자료를 쓴 이후에는, 언론사나 발간 매체의 관심도에 맞춰서 보다 심층적인 주제를 제안하기도 하고, 전시를 통해 새롭게 밝혀낸 부분을 재구성한 글을 쓰기도 한다.

보도 자료를 주관적인 견해로 써서는 안 된다. 전시와 도록에 사용되는 원고가 개인의 주장을 펼치는 자리가 아니듯, 보도 자료도 유물을 둘러싼 해석의 객관성에 대해 설명해야 한다. 그 해석이 단지 담당 큐레이터 개인이나 몇몇 소수의 주장이 아니라 객관성을 확보한 사실로 인정받을 수 있는 근거를 보여 줘야 한다. 그렇다고 해서 1장-2장-3장 혹은 서론-본론-결론으로 구성하여 마치 연구 논문을 쓰듯 단순히 정보를 나열하는 방법은 바람직하지 않다. 항상 본론으로 들어간다는 마음을 가지고 쓴다. 보도 자료는 보고서가 아니다. 되도록 짧은 문장으로 쓰며, 어렵거나 전문적인 용어는 쓰지 않는다. 설명만 장황하게 늘어놓은 원고는 보도 자료의 목적을 제대로 이해하지 못한 글이다.

보도 자료는 1차적으로는 기자, 발간물의 담당자, 편집자에게 핵심적인 정보를 제시할 수 있어야 하지만, 결국에는 독자들이 호기심을 느끼고, 읽고자 하는 마음을 자극할 수 있어야 한다. 정보 전달에 치중해 사실이 지루하게 나열되지 않도록 핵심 메시지가 무엇인지를 구체적으로 짚으며 써야 한다. 보도 자료를 작성한 후에는 제목의 선정에서부터 궁금증을 일으키는가, 읽고 싶게 만드는가, 전달하고자 하는 핵심 내용이 잘 반영되었는가, 소제목은 적절한가, 도입부에는 전하고자 하는 핵심이 담겼는가를 살펴본다. 원고 작성을 마친 후에는 소리 내어 읽어보며 부드럽게 연결되지 않는 부분은 없는지 점검한다.

우리가 마련한 전시가 어떤 의미가 있는지 그 의미에 공감할 수 있도록 정보를 분류하고, 이번 전시의 특징과 매력을 뽑아내어 제시할 수 있어야 한다. 다 읽고 난 뒤에 정작 궁금한 것은 담겨 있지 않은 정보일까 싶어서 이것저것 추가하다 보면 오히려 많은 양의 정보 속에서 핵심을 가려내기 어려워진다. 즉 전시를 기획할 때와 마찬가지로 글도 거시적인 서술 방향을 명확히 하되, 소개하고자 하는 주제의 매력을 전달할 수 있는 선택과 집중을 놓치지 말아야 한다. 무엇이 새로운지, 이것만은 꼭 기억에 남기고 싶다면 그것이 무엇인지가 원고에 잘 반영되었는지를 살펴본다.

미국에 선보이는 조선시내 왕실 의례와 향연, 샌프란시스코 "조선 왕실, 잔치를 열다" 특별전 개막

국립중앙박물관은 오는 10월 25일부터 내년 1월 12일까지 미국 샌프란시스코 아시아미술관에서 "조선 왕실, 잔치를 열다 (In Grand Style: Celebrations in Korean Art during the Joseon Dynasty)" 특별전을 개최한다. 현지 시각 10월 24일 저녁 6시 30분부터 성대한 개막식이 거행되었으며, 국립중앙박물관장과 국립고궁박물관장 등이 참석하였다.

이 전시는 2009년 국립중앙박물관에서 개최했던 "향연과 의례" 특별전을 기반으로 한다. 샌프란시스코 아시아미술관의 제이 슈(Jay Xu) 관장이 당시 전시를 관람하고 샌프란시스코에서 개최하기를 희망하였으며, 국립고궁박물관이 공동 주최자로 참여하면서 구성이 보다 다양해지고 규모도 확대되었다.

미국 샌프란시스코에서 조선시대 왕실과 사대부의 화려하고 장엄한 잔치 문화를 담은 한국 미술의 진수를 선보일 이번 전시는 총 4부로 구성된다. 1부 조선의 왕이 된다는 것(To Be a King in the Joseon Dynasty), 2부 왕실의 행렬과 잔치(Royal Procession and Banquets), 3부 궁중의 여성 권력(Power of Women at the Court), 4부 조선 양반 사회의 삶과 축하 의식(Life and Celebrations of the Elite) 등이다.

"조선 왕실, 잔치를 열다" 특별전을 통해 조선시대 왕권의 의미와 정조의 화성華城으로의 행차와 향연의 모습, 그리고 궁궐 문화의 중심에 있었던 여성들의 역할과 조선시대 양반들의 유교적 인생관과 출세관을 미국 사회에 생생하게 소개할 수 있을 것으로 기대한다. 조선은 500년의 역사를 지닌 유교 국가로, 대단히 품격 있고 장엄한 왕실 문화를 지녔다. 또한 조선시대에는 '예禮'가 태평성대의 기반이었으므로 관직부임, 생일, 혼인, 장례 등 삶의 중요한 순간들을 기념하기 위한 의식들이 법도에 맞춰 신중하게 진행되었다. 이러한 엄격한 유교적 분위기 속에서도 다채롭고 화려한 궁중 문화와 자유롭고 창의적인 서민 문화를 꽃피웠다. 조선의 잔치 풍경을 통해, 왕에서 평민까지 특별한 날을 기념하고 즐기는 모습과 만민이 화합하는 분위기를 느낄 수 있을 것이다.

주요 전시 유물로는 〈고종황제 어진〉과 정조가 사도세자와 혜경궁 홍씨의 탄신 60년이 되는 1795년 어머니 혜경궁 홍씨를 모시고 아버지 묘소로 행차하는 모습을 그린 45미터 길이의 〈화성원행반차도華城園幸班次圖〉 두루마리, 헌종의 재위 14년 되던 해인 1848년에 할머니인 순원왕후의 60세 생일과 어머니인 신정왕후의 41세 생일을 기념하여 창덕궁에서 거행한 잔치 모습을 묘사한 〈무신년진찬도〉, 선비가 과거에 급제해서 처음으로 벼슬길에 나아가는 장면을 그린 〈평생도〉 가운데 '삼일유가三日遊街' 등이다.

이 전시는 국립중앙박물관과 국립고궁박물관뿐 아니라 국립민속박물관, 서울대학교 규장각한국학연구원, 한국학중앙연구원 장서각, 삼성미술관 리움, 고려대학교박물관, 동아대학교박물관, 숙명여자대학교박물관, 한국자수박물관등 총 10개 기

관으로부터 회화·서적·공예품·가구·복식 등 총 110여 점의
유물이 출품된다.

⑫ 영상물을 제작하려면 무엇을 준비할까

영상은 전시를 기획할 때 빠뜨릴 수 없는 필수적인 매체다. 상설 전시실을 개편하거나 새롭게 기획하는 경우 최근에는 특별전을 기획할 때와 거의 동일한 비중으로 영상 매체를 활용한다. 국립 중앙박물관을 용산으로 이전 개관하던 2005년을 예로 들면, 상설 전시실 전체에 3~4편의 영상이 활용되었다. 최근에는 같은 면적 내에서도 10여 개의 크고 작은 영상이 배치되기도 한다. 이제 영상물을 제작하지 않고 전시를 기획한다는 것은 거의 불가능하다고 말할 수 있을 정도다.

큐레이터에게 영상물을 만든다는 것은 다소 복잡한 방정식을 푸는 것과 비슷하다. 단순히 글쓰기 자체보다 글 외적인 여러 요소를 어떻게 다루는지가 중요하다. 영상물을 제작하기 위해서는 가장 먼저 무엇을 들려줄 것인지 결정해야 한다. 마음이나 머리에 머물던 다소 추상적인 테마나 분위기, 혹은 구체적인 정보와 스토리를 하나의 완결된 구조로 기록한다. 카메라로 촬영하거나 고해상도로 촬영된 기존의 이미지 파일을 편집이라는 과정을 거쳐 영상물로 만든다.

기획자의 머릿속이나 기억, 상상 속에 존재했던 장면과 이야기 중 어떤 것은 카메라가 만들어낸 이미지로 구현되어 전시실에서 공개된다. 기획자는 들려주고자 하는 이야기가 다른 매체가 아닌 영상으로 제작되어야 하는 이유를 분명히 갖고 있어야 한다. 그래야 기획 단계에서부터 어떤 방식과 구성으로 만들 것인가가 확실해진다. 영상을 이루는 언어는 이미지에 기초하지만, 그럼에도 큐레이터의 글쓰기는 영상 작업에 큰 영향을 미친다.

영상물의 종류에 따라
원고의 종류와 분위기가 달라진다

전시에 활용되는 영상은 그 목적과 기능에 따라 몇 가지 유형으로 구분할 수 있다. 우리 눈으로 볼 때는 잘 보이지 않는 부분, 미묘한 색감이나 세부에 숨겨진 기법, 정교한 묘사를 보여 주기 위해 보조적으로 사용하는 영상이 있다. 이 경우 보이지 않는 면에 숨겨진 아름다움이나 만들어진 방식과 같은 비밀스러운 정보를 영상에 담는다. 때로는 화면에 자막이 들어가지 않거나 들어가더라도 최소한으로 쓰는 경우가 있다. 그럼에도 큐레이터는 어떤 작품을 고를지, 어떤 디테일을 선정할지, 어떤 순서에 따라 보여 줄지를 세심하게 고민하고 스크립트를 짜고 연출 방향을 제안한다. 최종적으로 글이 화면에 보이지 않더라도 전체적인 방향과 기획은 언어와 글을 통해 전달된다.

새 종이를 깔고 비친 선을 따라 다시 그린다.
A new piece of paper is laid on top and the drawing traced over it.

2021년 국립중앙박물관 특별전《조선의 승려 장인》
유물의 제작 방식을 재현하는 영상의 사례

2021년 국립중앙박물관 특별전《조선의 승려 장인》
인터뷰 영상 제작의 사례
((위) 상명대학교 윤정원 교수, (아래) 아티스트 빠키(VAKKI))

① 유물의 제작 방식 재현

전시실에 자주 사용되는 영상 중에는 유물의 제작 방식이나 기법을 보여 주는 예가 있다. 연구 조사로 밝혀낸 제작 방식을 현대에 재현하고, 이 과정을 영상으로 담아 전시실에서 확인할 수 있게 한다. 큐레이터는 충분한 사전 자문을 거쳐서 촬영 전반을 준비한다. 촬영 대상을 정하는 일이 결정되면 거의 절반은 온 셈이다. 현대의 작가나 때로는 연구자가 출연하게 되는데, 출연자가 사용할 재료와 도구를 구체적으로 제안해주는 경우도 있다. 큐레이터는 감독이 되어 촬영 장소를 선정하고, 작업자의 의상, 헤어, 배경이 되는 공간, 촬영각도, 작업 장소에 담기는 이미지와 소리를 결정한다. 영상에 담겼으면 하는 분위기와 메시지는 촬영 감독과 재현하게 될 출연자, 편집 과정에서의 수많은 대화와 소통을 거쳐 수정되며 완성된다. 이런 영상의 경우 편집된 영상으로 관람객이 파악했으면 하는 대부분의 정보가 전달되어야 하며, 자막은 최소한의 절제된 단어와 문장을 사용한다.

② 인터뷰 영상 제작

인터뷰 영상의 경우도 그렇다. 인터뷰어와 인터뷰이 사이의 대화에서 전달되는 친밀감, 잘 정선된 적절한 질문과 답변 사이에 흐르는 유대감은 전시 경험을 고조시킨다. 전시 영상은 보는 이를 전시실 너머의 대화가 이루어지는 공간으로 초대하는 듯한 효과를 주기도 한다. 인터뷰 영상을 제작할 때는 스크립트의 구성과 내용을 알차게 만들기 위한 노력이 중요하다. 또한 촬영

후 편집 과정에서도 충분한 의사소통을 해야 한다. 부는 이가 몰입할 수 있고, 피로하지 않게, 놓치지 말아야 하는 핵심적인 문구를 자막으로 보완하고 짚어준다.

③ 삽화 및 CG(Computer Graphic) 활용

전시 기획자는 때때로 영상에 필요한 삽화를 의뢰하거나 CG를 제작하는 경우도 있다. 제작 영상에 필요한 방식을 적절하게 결정하는 것이 필요하다. 애매모호하게 전달하고 구체적인 피드백을 주지 못하면 일은 지지부진해진다. 원하는 결과물에 대해 구체적인 목적지를 가능하면 정확하게 이해할 수 있도록 해야 한다. 충분한 대화와 구체적인 수정 요구, 빠르고 명확한 피드백은 작업 시간을 줄여줄 수 있다. 단순히 글쓰기의 문제보다 복합적인 판단과 의사소통이 필요하다.

④ 홍보 영상 제작

한편 전시 홍보를 위해 제작하는 영상도 있다. 영화의 사전 홍보 영상처럼 전시 개막 소식을 알리고, 어떤 주제를 다루는지, 호기심과 기대감을 고조시키기 위한 목적으로도 영상을 만든다. 사전 홍보뿐 아니라 전시가 개막한 후에도 전시를 홍보하고 알리기 위하여 다양한 영상을 제작한다. 그 경우 전시의 세부적인 내용을 설명하기보다는 짧고 속도감 있는 구성 속에 전시를 보고 싶다는 마음이 들도록 전시의 매력과 흡인 요소 위주로 원고를 써야 한다. 시의성이 강한 역사 전시의 경우 애니메이

2020년 국립중앙박물관 어린이박물관 특별전
《반구대 바위그림: 고래의 여행》
삽화 및 CG 활용의 사례

2020년 국립중앙박물관 특별전 《한겨울 지나 봄 오듯-세한歲寒 평안平安》
홍보 영상 제작의 사례

션이나 일러스트 작가의 협업으로 좀 더 쉽고 편안하고 상상할 수 있는 여지가 있는 영상을 제작할 수도 있다.

전시가 만들어지는 과정은 메이킹 영상으로 담는다. 즉 각종 준비 과정의 진행 단계별 회의 모습이나 전시 대상을 연구하고 조사하는 광경, 다른 기관으로부터 빌려오기 위한 협의, 전시품을 운송해 와서 전시실에 올리고 설치하기까지의 긴 시간을 3~5분 이내의 짧은 영상으로 만든다. 전시 개막까지의 과정을 관람객과 공유하면서 전시에 대한 관심을 유도한다. 아무것도 없던 빈 전시 공간이 완성되어 가는 과정을 타임 랩스 기법으로 속도감 있게 연출함으로써 보는 재미를 전달한다.

⑤ 영상물 자막 제작

전시의 연출 매체 중 하나로 활용하기 위해 영상을 제작하는 경우도 있다. 전시가 다루는 시기나 역사적 맥락, 자연환경이나 문화적 맥락을 보여 주기 위한 연출 영상은 전시에 대한 인상을 결정하는 데 크게 기여한다. 영상물에 자막이나 문구가 들어가는 경우는 드물지만 제작 과정에서 연출 영상의 효과를 극대화하기 위해서 자막을 활용할 수 있다. 이때 현재 영상물이 놓인 위치에 어떤 메시지를 담는 영상을 제작하고자 하는지, 명확한 목적과 구체적인 설정이 필요하다. 담당 큐레이터는 자신이 담고자 하는 이미지나 메시지를 글로 적어 디자이너, 영상 기술자, 엔지니어 등 외부 제작진과 협업 과정에서 계속 논의할 수 있어야 한다.

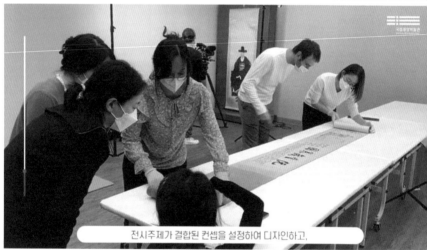

전시주제가 결합된 컨셉을 설정하여 디자인하고,

(위) 2022년 국립중앙박물관 특별전《어느 수집가의 초대-고故 이건희 회장 기증 1주년 기념전》
영상물 자막 제작의 사례

(아래) 2020년 국립중앙박물관 특별전《한겨울 지나 봄 오듯-세한歲寒 평안平安》
영상물 자막 제작의 사례

⑥ 심화 영상 제작

또한 설명 카드나 패널로 담을 수 없는 전문적인 정보나 입체적인 맥락을 제공하기 위해 만드는 심화 영상이 있다. 이 경우 설명문으로만 전달되지 않는 내용을 영상으로 담을 수 있다. 훨씬 다양하고 폭넓은 접근이 가능하고, 편집으로 얼마든지 다양한 관점을 제시할 수 있다. 전시에 대한 이해를 돕기 위해 가장 많이 사용되는 영상의 종류에 해당한다.

CT 촬영이나 현미경 분석 등으로 얻게 된 시각 정보, 과학적 조사에서 찾아낸 정보를 기반으로 우리 눈에는 보이지 않는 유물의 내부 구조, 제작 기법, 알지 못했던 재료에 대한 정보를 밝혀낼 수 있다. 영상 이미지와 편집을 통해 이런 생생한 이야기를 효과적으로 전달할 수 있다. 전시에서는 직접 다루지 않았지만, 전시와 연관된 정보와 좀 더 알아두면 재미있는 에피소드를 전달할 때도 영상은 유용하다. 잘 만들어진 영상은 호기심과 알고자 하는 욕구가 큰 관람객의 발길을 멈추게 한다. 또한 전시 공간이 아닌 곳에서도 교육이나 홍보 등에 활용될 수 있다.

⑬ 영상물을 제작할 때 주의할 사항

놓치지 말고 꼭 확인해야 할 내용

영상물로 지리 지도, 역사 지도, 연표 등의 자료를 활용하는 경우가 많기에 올바른 역사 인식에 기반하는지, 국가 간의 경계 등 외교적 분쟁 요소는 없는지 검증해야 한다.

〔영상물 제작 시 미리 확인할 사항들〕

스스로 확인해 봅시다

주의 사항	1. 영상물에 민족주의적 사관(동북공정, 식민사관) 등 외교적 분쟁 소지 요소는 없는가?	☐
	2. 학계의 일반적 연구성과와 극명히 대립되는 부분은 없는가?	☐
	3. 영상물에 삽입된 지리, 역사 지도, 연표 등은 검증되었는가?	☐
	4. 전시 구성과 영상물의 주제가 유기적으로 연결되는가?	☐
	5. 함께 구성되는 전시품과의 상호관계는 적절한가?	☐
	6. 영상물이 전시 구성에서 적절한 위치로 설정되었는가?	☐
	7. 전시 기획의 목적에 부합하는가?	☐

완성도 높이기

영상 제작에 관련된 이들은 단계별로 가능하면 많이, 자주 소통하면서 분명한 피드백을 주고받으며 완성도를 높여 나간다. 들려주고자 하는 이야기가 무엇인지, 명확하게 제시되었는지, 지루해서 몰입하기 어렵진 않은지, 어려운 단어나 전문 용어를 사용했는지 점검한다. 영상이 여러 차례의 수정으로 완성된 후에는 대본이나 자막이 적절한지를 확인해야 한다. 영상을 제작할 때 제목의 선정, 자막, 편집 방식, 글씨의 크기, 배치와 같은 디자인 요소도 중요하다.

과도하게 긴 영상, 속도감 없이 나열되는 연출은 전시에 관한 흥미나 더 알고 싶은 호기심을 사라지게 할 수도 있다. 전시실의 영상이 충분한 정보와 이미지를 전달하면서도 관람객의 집중을 유지하기 위해서는 큐레이터의 연출과 편집에 대한 감각이 필수적이라고 할 수 있다.

음성 서비스 지원 여부

전시실에 영상물의 소리를 활용하거나 음악을 적극적인 관람 요소로 사용하는 경우도 있다. 음악과 소리는 전시 관람의 몰입감과 이해도를 높이는 데 도움을 주기 때문이다.

그러나 일반적으로 전시 공간은 프롤로그에 해당하는 전시

도입부와 전시의 본문에 해당하는 중심 영역, 전시 관람을 마무리하는 에필로그의 구성을 갖는다. 전시 동선에 따라 각 공간에서 말하고자 하는 내용과 여러 종류의 전시품이 하나의 전시 공간에 융합되기 위해서 소리나 음성을 사용하지 않는 경우도 많다.

꼭 들어야 할 내용은 관람객 체험 공간을 만들어 헤드셋을 착용하도록 하여, 다른 관람객의 관람을 방해하지 않게 한다. 제작하고자 하는 영상물이 음성 서비스가 지원되는지 아닌지에 따라 자막에 들어갈 내용은 크게 달라진다.

⑭ 전시 영상물의 스크립트와 자막용 원고

영상에 사용되는 글은 영상의 전체 진행 과정 중에 중요한 역할을 한다. 따라서 최종적으로 사용하는 글은 더욱 엄정하게 선택한다. 제한된 화면에서 자막으로 제공되는 정보는 영상이 전달하는 정보를 보완하고 보충하지만 지나치게 길면 역효과를 낼수 있다. 정보를 보고 듣고 이해하고 느끼는 데 보조할 수 있도록 명료하게 선정한다.

모든 장면마다 자막이 있으면 영상을 볼 때 피로감이 들 수 있으니 적절한 간격을 지킨다. 원고량이 많으면 읽어 내려가야하는 부담을 주고 영상에 대한 집중도가 떨어진다. 아울러 자막의 형식도 중요하다. 글씨에 배경을 사용할지 여부, 글자체, 자막이 나타났다 사라지는 속도감 등을 관람객의 입장에서 편안히 볼 수 있게 배치한다.

또한 반드시 고려해야 하는 것으로 정보통신접근성(WA)이 있다. 장애인, 고령자 등이 비장애인과 동등하게 정보에 접근하고 웹 사이트 이용에 불편이 없도록 웹 접근성 품질 인증 제도의 기준에 맞출 수 있도록 해야 한다. 청각장애인을 비롯해 정보 접근에 어려움이 있는 경우 자막을 제공하여 영상의 내용을 이해할 수 있도록 한다.

⑮ 오디오 가이드용 원고

전시에 대한 이해를 돕기 위해 반드시 기획하는 것 중에 오디오 가이드가 있다. 전시 공간에 부착되는 대형·중형 패널, 주제별 패널, 진열장에 놓이는 작품별 설명 카드와 같은 원고가 걸으며 눈으로 보는 원고라면, 오디오 가이드는 귀로 듣는 원고다. 스마트폰에 앱을 설치해서 이용하는 경우도 있고, 별도의 기기를 대여하여 관람객이 전시를 볼 때 활용하기도 한다. 어떤 방식이든 기본적으로 음성 해설 파일을 만들어 관람객에게 제공하는 서비스라는 점은 공통적이다.

오디오 가이드의 글은 구어체로 쓴다. 눈으로 보는 글과 귀로 듣는 글은 다르다. 자연스럽게 잘 전달하기 위해서는 일반적인 글쓰기보다 여러 단계를 거쳐 확인하고 수정해야 한다. 문장을 쓴 후에는 반드시 녹음을 해보거나 소리를 내어 읽어본다. 문장이 너무 길지는 않은지, 묘사나 서술에 치중해 지루하거나 집중을 어렵게 하는 내용이 들어 있지는 않은지도 점검한다. 같은 전시품을 놓고도 눈으로 읽는 글의 서술과, 누군가가 앞에 있다고 상상하고 이야기를 들려주는 것은 말하는 순서, 방식, 내용

전반이 달라진다. 상대방의 입장에서 필요한 정보가 이해하기 편하게 잘 전달되는지, 여러 번 소리 내어 읽으며 매끄럽게 잘 흐르는지 확인한다. 귀에 잘 와닿는 글을 위해 큐레이터는 오늘도 원고를 고치고 또 고친다.

오디오 가이드용 원고를 쓸 때 만일 가능하다면, 성우가 남자인지 여자인지를 미리 파악하고 문장을 만들 수 있으면 좋다. 말투의 선정에서부터 자연스럽게 들릴 수 있도록 적합한 문장을 쓸 수 있기 때문이다. 또한 전시의 주제와 시대 배경과 같은 상황을 더욱 입체적으로 떠올릴 때 적합한 글을 만들 수 있다. 예를 들면, 전시실에 입장하여 처음 만나는 유물은 전시에 대해 말문을 여는 첫 문장과 같다. '여러분은 지금 천 년 전 시월 경주의 가을에 도착했습니다', '다양한 물산과 사람이 드나들었던 고려의 관문, 벽란도입니다'와 같은 도입 문장으로 함께 여행하는 기분으로 전시실을 거닐 수 있도록 구성하기도 한다.

오디오 가이드를 듣는 이는 전시품에 대한 더 상세하고 구체적인 정보를 얻기 원한다. 정보 수집은 가장 중요한 목표이지만 아이러니하게도 너무 많은 정보는 듣고자 하는 의지를 꺾을 때가 많다. 따라서 핵심을 찾아내고 부차적인 것과 구별해 꼭 남길 문장을 새로 쓰는 것이 중요하다. 설명 카드에 수록된 정보를 모두 알려주기보다는 귀로 들어서 적합한 정도의 정보량과 핵심적인 개념을 설명한다. 천천히, 서두르지 않고, 상대가 내 이야기를 듣고 고개를 끄덕이면서 바라봐야 할 곳을 찾아 눈을 맞추는 시간과 여유를 생각하며 글을 쓴다. 때로는 관람객이 생각하고 상상할 수 있는 여지를 남기는 문장이 필요하다. 너무 많은 질문을 던질 필요는 없지만 때로는 '과연 이 구멍은 어떤 의미로 뚫려 있는 걸까?', '어떤 느낌으로 다가오나요?'와 같은 열린 질문을 남기기도 한다.

오디오 가이드를 쓰는 큐레이터는 이 전시품을 봐야 하는 이유, 전시의 전체 주제에서 차지하는 의미가 한두 마디 문장으로 관람객의 귀에 쏙쏙 들어가기를 꿈꾼다. 때로는 문장을 만들 때마다 버리고 있을 때가 더 많다. 지우고, 또 지워도 지울 수 없는 한 단어, 한 문장, 한 단락이 듣는 이의 귀에 꽂히고 여운을 남긴다는 것을 알기 때문이다.

🗒 어느 수집가의 초대—고故 이건희 회장 1주년 기념전

〈모자상〉

권진규(1922~1973), 1960년대 제작

〈모자상〉의 어머니는 대개 행복한 표정을 짓는데, 작가는 이상의 어머니 표정을 복합적인 느낌으로 표현했다. 어머니의 시선과 입매, 풍만한 아기를 두 다리로 받치고 탄탄한 양팔로 감싸 안은 자세에서 현실 세계로부터 아기를 지키려는 의지와 긴장감이 전해지지만, 어머니의 품속에 있는 아기는 평온하기만 하다.

🎧 권진규의 〈모자상〉

권진규의 〈모자상〉은 서로를 두 팔로 끌어안고 있는 어머니와

아이의 모습이 마치 한 몸처럼 표현된 나신상입니다. 작품의 표면은 흙으로 빚은 것이 단번에 드러나도록 거칠고 투박하며, 짙은 회색으로 채색이 되어 있습니다. 어머니는 둥근 받침대 위에 오른쪽 무릎을 꿇고, 왼쪽 다리는 받침대 밖으로 내어 바닥을 굳게 디딘 자세이며, 두 팔로 아이를 안고 있습니다. 아이는 이제 막 첫돌을 맞이한 정도로 어린 모습인데, 토실토실하게 살이 오른 두 팔로 어머니의 목을 안고 있습니다.

작품의 정면에서는 어머니의 표정이 잘 드러나 있습니다. 눈꼬리가 살짝 치켜 올라간 깊은 눈매, 옆으로 약간 퍼져 있는 코, 야무지게 다문 입매에서 아이를 지켜주려는 어머니의 강인한 성품이 엿보입니다. 작품의 오른쪽 측면에서는 어머니의 품에 안겨 있는 아이의 모습이 두드러집니다. 아이는 작은 발로 어머니의 허벅지를 밟고 서서, 짧고 통통한 두 팔을 어머니의 목에 두른 자세로 절대 떨어지지 않으려는 듯 뺨을 밀착하고 있습니다. 그런 아이를 안고 있는 어머니의 굵은 다리와 팔이 무척이나 안정적입니다. 또 작품의 왼쪽 측면에서는 아이를 받쳐 안느라, 허리를 힘 있고 반듯하게 세운 어머니의 자세가 잘 드러납니다.

권진규는 1960년대 중후반에 이러한 나부상을 제작했습니다. 이 작품 〈모자상〉은 '가족은 서로를 돌보며 살아감'을 느끼게 합니다. 특히 어린아이는 사랑과 헌신으로 돌보지요.

어린아이에게 엄마는 절대적인 존재라는 감정과 아기를 지키려는 엄마의 의지와 긴장감이 잘 표현된 작품입니다.

이상 권진규의 〈모자상〉에 대한 작품 설명이었습니다.

⑯ 장애인 관람객을 위한 설명문 쓰기

문화생활에 쉽게 접근하기 힘든 사람들

시각 혹은 청각 장애가 있는 관람객이 이해하기 쉬운 설명문은 무엇일까? '중학생이 쉽게 이해할 수 있는 설명문 쓰기'라는 명제는 박물관이 오랫동안 다각적으로 고민하고 있는 문제다. 하지만 장애인 관람객을 위한 설명문 쓰기는 수어 전시 안내와 점자책 대여 서비스를 제공하는 고객지원팀에서의 근무 경험이 없다면, 이에 대해 생각해보지 못한 사람들이 대부분일 것이다.

2020년부터 2021년에 걸쳐 추진된 세계문화관 '문화취약계층 전시접근성 강화' 사업은 시각장애인을 위한 촉각 전시(점자 안내문)와 청각장애인을 위한 수어 전시 안내 영상을 제작하는 것이었다. 이 사업을 추진하면서 헌법으로 보장된 문화생활이라는 기본 권리를 누리지 못하는 소외된 계층에 대해 생각해보는 계기가 되었다. 오감에 불편함이 없는 관람객에게 모든 초점이 맞춰진 유물 설명문은 오늘도 박물관을 방문한 수많은 장애인 관람객에게는 불친절한 전시글에 불과할 뿐이다. 따라서 여기에서는 시각장애인과 청각장애인 관람객을 위한 설명문 쓰기에 관해 이야기하고자 한다.

언어를 인식하고 이해하는 방식이 다를 수 있다

우선 우리나라 사람이라면 모두 한글이 제1언어일 것이라는 고정관념을 버려야 한다. 시각장애인에게는 점자(點字)가 제1언어이고, 청각장애인에게는 수어(手語)가 제1언어다. 이들에게 한글은 제2외국어와 같다. 우리는 다른 나라 말인 영어를 이해하기 위해 문법을 공부하고 사전을 들춰보지만, 장애인에게는 그것조차 쉽지 않다. 왜냐하면 한 가지 이상의 감각이 결여되었을 때 사물과 언어 간의 관계를 이해하는 것이 매우 힘들기 때문이다. 혹자는 시각장애인은 설명글을 볼 수 없을지라도, 눈으로 볼 수 있는 청각장애인은 한글로 쓰인 일반 설명문을 읽을 수 있지 않느냐고 반문한다. 눈이 잘 보이는데 별도의 설명문이 필요하냐는 것이다. 그러나 이런 의문은 온전히 비장애인의 시각에서 비롯된 것이다. 시각과 청각을 모두 상실했던 헬렌 켈러(Helen Keller, 1880~1968)의 일화는 우리에게 말해준다. 장애인들이 사물과 그것에 상응하는 언어를 인식하고 이해할 때, 일반인이 생각하지 못한 복잡하고 어려운 점들이 존재한다는 사실을 말이다.

보지도 듣지도 못했던 헬렌 켈러는 물과 물을 가리키는 단어인 'water'를 연결시켜 이해하지 못했다. 헬렌의 가정교사였던 설리반 선생은 헬렌의 한 손에 물 펌프의 차가운 물을 흘러내리게 하면서 다른 한 손에 '물(water)'이라는 단어를 천천히 반복해서 썼다.

어느 순간 헬렌 켈러는 불현듯 'water'라는 단어가 물이라는 물질의 '명칭'임을 이해했다. 사물과 단어의 관계라는 언어의 비밀을 깨달은 것이다. 헬렌 켈러는 물 펌프 사건 이전에도 매일 세수를 하면서 물을 접했을 것이다. 그러나 'water'라는 언어가 그 물을 가리키는 말(언어)이라는 것은 이때 처음 알았던 것이다.

청각장애인은 말 그대로 한글을 '볼' 수는 있지만, 그 한글 단어가 담고 있는 의미가 무엇인지는 잘 모르는 경우가 많다. 예를 들어, '대좌(臺座)'라는 단어를 설명문에서 '보아도', 그 단어와 '불상을 올려놓는 곳'이라는 뜻을 연결하지 못하는 경우가 많다. 단어의 의미에 대해 직접 설명을 들을 수 있다면 오히려 이해도는 높아진다. 비록 볼 수는 없지만 청각에 문제가 없는 시각장애인이 언어에 대한 이해도가 높은 경우가 많은 것은 바로 이 때문이다. 이처럼 장애인 관람객의 시선은 비장애인의 입장에서 절대로 알 수 없는 것이 존재한다. 그렇기 때문에 우리는 장애인 관람객의 언어인 점자와 수어 설명문 쓰기에 관심을 기울여야 한다.

장애인 관람객을 위한 설명문 제작 과정

① 쉬운 원고 쓰기

먼저 점자 설명문과 수어 영상 제작을 위한 기본 자료인 한글 설명문을 쉽게 작성해야 한다. 전문 용어의 사용을 피하고 고유 명사가 많이 쓰이는 유물의 복잡한 명칭이나 역사적인 배경보다는 유물의 모양이나 쓰임새에 대한 설명 위주로 작성하는 것이 좋다.

세계문화관 일본실에 전시 중인 무사의 갑옷에 대한 수어용 설명문을 예로 들어보겠다.

> 18세기에 일본 무사들이 입었던 갑옷입니다. 일본 무사들의 갑옷은 조그만 가죽을 색실로 이어 만들어 매우 아름다웠습니다. 하지만 입기 불편하고 무거워 전투에서 좀 더 쉽게 움직일 수 있도록 16세기에 갑옷을 새로 만들었습니다. 이 갑옷은 몸통 부분을 판 하나로 만들고, 재료도 철로 바꾸어 적의 공격을 더 잘 막아낼 수 있게 했습니다.

일본 무사의 갑옷은 그 세부 명칭이 매우 복잡할 뿐 아니라, 현재의 형태를 갖추기까지의 역사도 길다. 비장애인 관람객을 대상으로 한 설명문이라면 최소한의 정보 전달을 위해 갑옷과 관련한 몇몇 명칭과 역사적인 배경에 대한 해설을 빠뜨릴 수 없었을 것이다. 그러나 장애인 관람객에게는 그러한 정보보다는 갑옷의 모양과 쓰임새에 대한 설명이 더 이해하기 쉽고 유익하다.

② 전문가 윤문

전문가 윤문은 한글 윤문, 중학생 감수, 점자·수어 전문가 윤문 단계를 차례대로 거칠 것을 추천한다. 일반 윤문은 한글 원고의 문장을 매끄럽게 다듬고 고친다는 점에서 기본적으로 거쳐야 하는 필수 과정이다. 중학생 감수는 실제 중학생들이 직접 원고를 읽고 어떤 부분이 이해가 어려웠는지, 어떤 개념을 좀 더 설명해주면 좋은지를 확인하는 과정이다. 따라서 중학생 정도의 지식을 가진 관람객이 어려워하는 전문 용어나 개념을 파악하고 풀어 쓸 때 참고가 된다. 이는 장애인을 대상으로 한 쉬운 원고 작성에도 큰 도움이 된다. 마지막으로 맹학교에서 학생을 가르치는 교사와 같은 점자 전문가, 그리고 청각장애인과 비장애인 양쪽으로 구성된 수어 전문가들의 감수를 거쳐야 한다.

헬렌 켈러의 사례에서도 알 수 있듯이, 아무리 쉬운 단어라도 장애인에게는 그 개념의 이해가 어려울 수 있다. 점자와 수어 전문가는 다년간의 노하우를 바탕으로 이러한 단어나 개념을 적절히 의역하여 장애인들이 수월하게 이해할 수 있는 원고로 작성할 수 있게 도와준다. 가능하면 전문가에게 기존 한글 원고에서 정확히 어떤 단어와 개념이 의역이 필요한지, 내용 면에서 개선되어야 할 점은 무엇인지 구체적으로 알려달라고 요청하는 것이 좋다.

③ 점역과 수어 제작 시안 확인

이렇게 해서 완성된 한글 설명문은 점역되어 시각장애인용 점자판으로 제작된다. 그리고 수어로 구연되어 영상으로 만들어진다. 이때 중요한 것은 제작에 들어가기 전에 반드시 ②의 단계에서 윤문을 담당했던 점자·수어 전문가에게 각각 제작 시안의 감수를 받아야 한다는 것이다. 왜냐하면 점자판과 수어 영상을 제작하는 비장애인들이 제작 과정에서 오류를 일으킬 수 있기 때문이다. 예를 들어, 점역은 훌륭하게 완성되었는데 정작 점자판 제작 단계에서 점자 띄어쓰기를 하지 않는 경우다. 실제로 시각장애인이 점자 설명판을 공들여 읽어도 도무지 무슨 말인지 알 수 없었던 사례가 있었다. 그렇기 때문에 제작에 들어가기 전 점자를 배치한 제작 시안을 전문가에게 다시 검토 받을 필요가 있다.

수어 구연 촬영 시에도 한글 원고를 작성한 학예연구사와 수어가 가능한 비장애인 수어 전문가가 현장에 배석하여 수어 구연자(청각장애인)가 촬영하면서 생기는 의문점을 바로바로 해결해주면 좋다. 세계문화관의 경우, 유물의 사진과 함께 수어 전문가의 감수를 거친 수어 구연용 원고를 구연자에게 미리 제공하고, 청각장애인 수어 구연자 역시 시간을 들여 원고의 내용을 공부하여 촬영에 임했는데도, 유물의 명칭과 쓰임새를 제대로 연결하여 이해하지 못해 촬영 현장에서 즉석으로 문답하며 촬영했던 경험이 있었다.

모두를 위한
박물관

박물관에서 비장애인 관람객들이 전시 설명문의 내용이 어렵다고 민원을 제기하는 경우는 거의 없다. 하물며 장애인 관람객은 어떨까? 박물관에 장애인용 설명문이 아예 없으니 만들어 달라는 요청은 고사하고, 만약 있다고 해도 내용이 어려우니 개선해 달라는 의견을 내기는 더 어렵다. 이처럼 관람객의 피드백이 없는 상황은 학예연구사가 관람객을 의식한 글쓰기를 하지 못하는 가장 큰 원인이 된다. 장애인용 매체인 점자와 수어 구연용 원고 작성이 어려운 것은 모두 이런 이유 때문이다.

앞으로 점점 더 많은 장애인 관람객이 박물관을 쉽게 찾을 수 있도록 느리더라도 지속적인 노력이 필요하다. 신체의 불편함이 있든 그렇지 않든 우리나라와 세계의 빛나는 문화유산을 느끼고 감상하고 즐길 권리가 누구에게나 있다.

상설 전시실용 점자 안내책을 제작하여 비치하고 정기적으로 업데이트하며, 현재 홈페이지와 박물관 앱에서 제공하고 있는 수어 전시 안내 영상의 접근성 향상과 활용 방안 방법에 대해 진지하게 고민해야 할 때다. 앞으로 개편하는 상설 전시실과 개최 예정인 특별전이 장애인 관람객에게 좀 더 친절한 공간이 되기를 진심으로 바란다.

손기정 기증 청동 투구

만든 때 약 2600년 전 (기원전 6세기)
만든 나라 그리스
만든 재료 청동. 구리와 주석을 섞어 만든 금속이다.

손기정 선생이 1936년 베를린 올림픽의 마라톤 경기에서
우승하고 받은 것입니다. 그리스에서 발견된 유물입니다.
손기정 선생이 국립중앙박물관에 기증했습니다.
우리나라의 보물로 정해진 문화재입니다.

올림픽

그리스

보물

여러 방향으로 보기

왼쪽 모습

오른쪽 모습

뒤쪽 모습

위쪽 모습

안쪽 모습

결승선에 1등으로 도착한 손기정 선생

옷에 그려진 일본 국기를 가리고 있는 시상식 장면

돌려받은 청동 투구를 쓰고 기쁘게 웃는 모습

손기정 선생 우리 민족의 자랑

청동 투구를 기증한 손기정 선생은 일제강점기 때 1936년
베를린 올림픽 마라톤 경기에 일본의 선수로 참가했습니다.
손기정 선생은 경기에서 1등을 했지만, 한국이 아니라
일본의 선수로 금메달을 딴 것을 슬퍼했습니다.
그러나 우리 민족은 일제강점기라는 어려운 상황 속에서도
금메달을 딴 손기정 선생을 자랑스러워했습니다.
손기정 선생의 금메달은 우리 민족의 기쁨이었습니다.

원래 베를린 올림픽 마라톤의 우승자에게는 청동 투구를
주기로 했습니다. 그러나 그 당시 올림픽의 규칙에 올림픽 선수가
너무 비싸고 귀한 기념품은 받으면 안 된다는 내용이 있었습니다.
결국 청동 투구는 손기정 선생에게 전달되지 못한 채
베를린의 박물관에 보관되어 있었습니다.

시간이 흐른 후, 손기정 선생은 청동 투구를 돌려받기 위해
노력했습니다. 마침내 손기정 선생은 1986년 베를린 올림픽
50주년 기념 행사에서 청동 투구를 돌려받았습니다.

기증의 의미 우리 모두의 이야기

기증은 내 것을 다른 사람과 함께 나누는 행동입니다.
손기정 선생은 "이 청동 투구는 나만의 것이 아니라 우리 모두의 것"
이라고 말하며 돌려받은 청동 투구를 나라에 기증했습니다.
손기정 선생의 기증으로 이제 누구나 청동 투구를 볼 수 있습니다.
많은 사람이 청동 투구를 보며 청동 투구에 담긴 이야기를
오래오래 기억할 것입니다.

알아 두면 좋은 단어

투구
전투에서 머리를 보호하기 위해
쓰던 모자

일제강점기
일본이 우리나라의 권력을 강제로
빼앗은 기간 (1910년~1945년)

올림픽
세계에서 가장 인정받는 운동 경기
대회로, 여러 나라가 참여한다.
경기에서 1등 한 사람은 금메달,
2등 한 사람은 은메달,
3등 한 사람은 동메달을 받는다.

마라톤
42.195킬로미터(km)를 달리는
달리기 운동 종목

기증
어떤 것도 바라지 않고 자신의
물건을 남에게 주는 것

기증한 사람   기증 문화재

국립중앙박물관
NATIONAL MUSEUM OF KOREA

국립중앙박물관 상설 전시(기증관, 2022)
〈손기정 기증 청동투구〉 안내서
이해하기 쉬운 설명문 제작의 사례

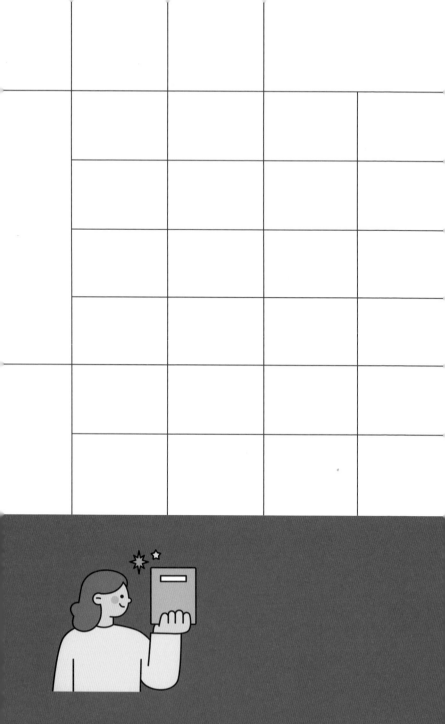

① 공공 언어로서 박물관 안내문 작성 기본 원칙

박물관 안내문은 전시를 관람하는 일반인을 대상으로 안내한다는 공공의 목적을 위해 쓰였다는 점에서 공공 언어라고 할 수 있다. 따라서 박물관 안내문은 공공 언어로서 다음과 같은 요건을 갖춰야 한다.

공공 언어로서 박물관 안내문은 본문을 한글로 표기하고, 한자 병기는 꼭 필요한 때에만 한다. 즉 한자 표기를 하지 않으면 이해에 혼란이 생기거나 한자 표기를 해야 뜻을 이해하는 데 결정적으로 도움이 되는 경우에만 한자를 병기한다.

「국어기본법」 및 「국어기본법 시행령」에 따르면 공문서는 한글로 작성해야 하지만, 뜻을 정확하게 전달하는 데 필요한 경우와 어렵거나 낯선 전문어 또는 신조어를 사용하는 때에만 괄호 안에 한자를 쓸 수 있다. 그러나 박물관 전시 안내문은 그 특성상 예외적으로 작은 글씨나 첨자로 한자를 괄호 없이 병기하는 경우가 많다.

영역	요소	항목
정확성	표기의 정확성	한글 맞춤법과 표준어 규정을 지켜 써야 한다.
		띄어쓰기를 지켜 써야 한다.
		외래어 표기법과 국어의 로마자 표기법을 지켜 써야 한다.
	표현의 정확성	적합한 단어를 선택해야 한다.
		우리말답고, 어법에 맞게 표현해야 한다.
		단락 구성을 짜임새 있게 해야 한다.
소통성	공공성	공공 언어로서 품격을 갖추어야 한다.
		고압적·권위적 표현을 삼가야 한다.
		차별적 표현(성, 지역, 인종, 장애 등)을 삼가야 한다.
	정보성	정보를 적절한 형식으로 제시해야 한다.
		정보의 양을 적절하게 제시해야 한다.
		정보를 적절하게 배열해야 한다.
	용이성	문장을 적절한 길이로 작성해야 한다.
		쉽고 친숙한 용어와 어조로 작성해야 한다.
		시각적 편의를 고려하여 작성해야 한다.

② 전시물 명칭 표기

전시물 명칭은 쉬운 용어를 사용하며 단어별로 띄어 쓴다

단, 널리 알려져 있거나 원래 명칭이 있는 경우에는 그대로 사용한다. 전시물의 특수성 등을 고려하여 띄어쓰기는 조정할 수 있다. 안내문 제목에는 인물, 지명, 문화재 명칭 등 특별한 경우가 아니면 한자를 쓰지 않는다. 단, 대상 단어를 음운의 변동 없이 변환할 수 있는 경우에만 한자로 변환해서 표기하되, 한자는 국문 다음에 한글보다 작게 표기한다. 이때 괄호에 넣는 것을 원칙으로 하되, 괄호 없이 사용할 수도 있다.

안내문 제목에 두 개체가 접속조사나 접속부사로 이어진 경우, 한자 표기에서는 접속조사나 접속부사를 생략하고 한자만 표기한다. 안내문 제목에 전문 용어나 어려운 용어가 있으면 본문에서 풀이하여 설명한다.

여주 영릉과 영릉(驪州 英陵 寧陵)

여주 영릉과 영릉驪州 英陵 寧陵

팔금강(八金剛)

팔금강은 불법을 수호하는 여덟 신이다.

- 인물의 생몰년, 왕의 재위 기간 등은 역사와 유물을 이해하는 데 도움이 되는 때에만 최소한으로 제시한다. 이는 전시 성격이나 상황에 따라 달라질 수 있다.

📋 고이왕(古爾王, 재위 234~286)과 근초고왕(近肖古王, 재위 346~375) 때 번성했으나

✏️ 고이왕과 근초고왕 때 번성했으나

- 전시물과 직접 관련된 인물명에만 한자를 병기한다. 인물의 출생 연도와 사망 연도는 표기하지 않는 것을 원칙으로 하되, 글 안에서 시기를 알기 어려운 경우에는 생몰 연대를 표기할 수 있다.

동화사는 고려시대에 정혜결사 운동을 전개한 보조국사 지눌(知訥, 1158~1210)이 머물렀던 절이다.

- 인물의 호는 되도록 표기하지 않으며, 호가 성명과 함께 쓰여 인물을 부연 설명하거나 성명을 호로 대신하여 표기할 수 있다. 이때 한자는 해당 단어 뒤에 표기하는 것을 원칙으로 한다.

한훤당(寒暄堂) 김굉필(金宏弼, 1454~1504)

- 왕조 연대와 왕명 다음에는 서기로 표시한다. 이때 괄호 안에는 '년'을 표기하지 않는다.

527년(신라 법흥왕 14) / 신라 법흥왕 14년(527) (○)
527년(신라 법흥왕 14년) / 신라 법흥왕 14년(527년) (×)

- 왕의 재위 기간을 쓸 때 정확한 연도는 소괄호 안에 본문보다 작게 표기하는 것을 원칙으로 하며, 연도 앞에 '재위'라고 쓴다.

눌지왕(訥祗王, 재위 417~458)

- 대략적인 연도를 알 때는 서기 뒤에 '무렵', '즈음', '경' 등을 붙여서 표기할 수 있다.

1890년 무렵

④ 숫자와 단위 표기

'2명'으로 적고
'두 명'으로 읽으라고?

- 서양에서는 천 단위로 읽고 표기하는 반면 동양에서는 만 단위로 읽고 표기한다. 그래서 「한글 맞춤법」에서도 만 단위(만, 억, 조)로 띄어 쓰도록 하고 있다. 아라비아 숫자로 섞어 쓸 때는 '만, 억, 조' 등은 한글로 표기한다.

십이억 삼천사백오십육만 칠천팔백구십팔 / 12억 3456만 7898

- 아라비아 숫자로 표기할 때는 '1,234,567,898'처럼 국제 기준에 따라 천 단위에 쉼표 삽입을 허용한다.
  본문에서 단위와 어울리는 아라비아 숫자는 한글 표기를 원칙으로 한다. 다만, 아라비아 숫자로 읽는 것이 자연스러울 때는 아라비아 숫자로 표기한다.

2명(×) ⇒ 두 명(○)

('2명'으로 표기하면 '이명'으로 읽을 수 있기 때문에 '두 명'으로 표기함)

신라 열일곱 관등 중 십 등급(×) ⇒ 신라 17관등 중 10등급(○) / 학생들은 열다섯에서 서른 살이며, 학생들은 15~30세이며

• 연대, 물량을 나타내는 숫자는 아라비아 숫자로 표기하며 전시물 명칭의 숫자와 고유명사에 포함된 숫자는 한글로 표기한다.

1950년대 90칸짜리 / 팔금강도 / 삼일절

• 연도, 쪽 번호 등의 범위를 표기할 때는 아라비아 숫자 전체를 표기하되, 중복되는 부분이나 문맥상 짐작할 수 있는 부분은 생략할 수 있다. 숫자 뒤에 오는 단위 역시 마찬가지다.

1920~1930년대 / 1920~30년대 / 1920~30

145~157쪽 / 145~157

• 날짜는 ○○○○년 ○○월 ○○일로 표기하되, 10 이하의 숫자에는 0을 표기하지 않는다.

2020년 06월 05일(×) ⇒ 2020년 6월 5일(○)

• 글자 대신 마침표로 연월일을 표기할 수 있으며, 이때 '일'을 나타내는 자리에도 반드시 마침표를 해야 한다. 다만, 연월일 중 하나만 표기할 때는 연월일을 마침표로 대체할 수 없지만, 기간을 나타낼 때 중복되는 부분을 생략하고 '월'이나 '일'만 나타낼 때는 글자 대신 마침표를 쓸 수 있다.

1919년 3월 1일 / 1919.3.1.
10월 1일~10월 11일 / 10.1.~10.11.
2020년 10월~12월 / 2020년 10~12월 / 2020.10.~12.

'3마일'은
몇 킬로미터일까요

• 전시물의 규모를 설명하는 경우에는 도량형 단위를 통일하여 가로, 세로, 높이, 두께 순으로 표기하되, 그 표현은 달리할 수 있다. 도량형은 미터법에 따라 표기하며, 단위는 기호로 표기한다.

5리(×) ⇒ 1.7km(○)
3마일(×) ⇒ 4.8km(○)

285미터(×) ⇒ 285m (○)

- 한 문장에서 단위는 가장 많이 사용된 단위로 통일하되, 수치에 차이가 크게 날 때는 소수점 아래 첫째 자리까지 표기할 수 있는 다른 단위로 적는다.

높이는 5m, 길이는 1,000m, 폭은 0.1m이며, 둘레를 모두 포함하면 2,000m에 이른다.

사이시옷의 정확한 표기를 알 수 있는 가장 확실한 방법은 사전을 찾는 것이다. 사전에서 사이시옷이 있는 표기와 없는 표기 중 어떤 것을 올바른 표기로 제시하고 있는지 확인하여 사전에 제시된 표기를 따른다.

사이시옷을 받쳐 적는 조건을 살펴보면 다음과 같다.

첫째 조건:
앞말이 모음으로 끝난 합성어

어근과 어근이 결합하여 새로운 말을 만들어낸 합성어라야 한다. 어근이란 새로운 말을 만들어낼 때 스스로 독립적인 말뜻을 갖는 것을 말한다. '시-퍼렇다'와 같은 낱말의 경우 '퍼렇다'는 독립적으로 낱말 구실을 하므로 어근이 될 수 있지만 '시-'는 독립적으로는 낱말 구실을 못 하고 새로운 말[파생어]을 만들 때만 구실을 하므로 어근이 되지 못한다. '시-퍼렇다'는 접두사와 어근이 결합한 파생어로, 어근과 어근이 결합한 합성어가 아니므로 사이시옷을 적어야 하는지 그렇지 않은지를 고민할 필요가 없다. '깨+묵⇒깻묵'과 같은 말은 합성어다. '깨'라는 말과 '묵'이라는 말은 어근으로서 언제든지 독립적인 낱말 구실을 하기 때문이다.

둘째 조건:
'토박이말+토박이말' 또는 '토박이말+한자어'

첫째 조건을 만족시키는 합성어라고 하더라도, 그 직접 구성요소인 어근들이 각각 토박이말이거나, 토박이말과 한자어이어야 한다. 토박이말끼리 결합하여 합성어를 이루든지, 토박이말과 한자어가 결합하여 합성어를 이룬 경우여야 한다. 즉 어근 두 개 가운데 하나는 토박이말이어야 한다는 것이다. 한자어끼리 결합하여 합성어를 이룬 경우에는 원칙적으로 사이시옷을 붙이지 않는다. 그런데 한자어 합성어 가운데 다음의 6개만 사이시옷을 붙인다. 그 한자어 6개는 '찻간, 곳간, 툇간, 셋방, 횟수, 숫자'다.

　찻간에 몸을 싣고 곳간 같고 툇간 같은 셋방을 얻으러 다니던 일이 횟수로 몇 회인가 숫자를 모르겠다.

따라서 '초점'이나 '외과'와 같은 경우에는 한자어끼리의 합성어이지만 위에 나열된 한자어 6개에 포함되지 않으므로 사이시옷을 받쳐 적지 않는다.

셋째 조건:
된소리가 되거나 ㄴ/ㄴㄴ 소리가 덧남

사이시옷을 받쳐 적는 마지막 조건은 합성어를 이룬 낱말을 발음할 때 뒷소리가 예사소리에서 된소리가 되거나, 없던 'ㄴ'이나 'ㄴㄴ' 소리가 덧나는 경우다. '아래+쪽'과 같은 낱말은 앞말이 모음으로 끝난 합성어이고, 그 구성요소가 '토박이말+토박이말'이므로 둘째 조건까지는 충족하지만 '쪽'의 'ㅉ'이 원래 된소리이지 합성어를 이룰 때 된소리가 된 것이 아니므로 사이시옷을 받쳐 적지 않는다. '내+물'은 합성어이고 '토박이말+토박이말'이며 발음할 때 없었던 'ㄴ' 소리가 덧나 [낸물]로 소리 나기 때문에 표기할 때 사이시옷을 넣어 '냇물'로 적는다.

⑥ 입맛은 '돋우고' 안경 도수는 '돋구고'

우리말의 피동 접사는 '-이, -히, -리, -기' 등이 있으며 사동 접사는 '-이, -히, -리, -기, -우, -구, -추' 등이 있다. 이러한 피·사동 접사들은 각기 다른 동사 어간에 결합하는데 잘못된 피·사동 접사가 동사 어간에 결합한 예가 나타나는 일이 있다.

- 뚜껑이 덮혀 있다. ⇒ 뚜껑이 <u>덮여</u> 있다. (참고: 길이 눈에 덮혔다.)
- 부모의 반대에 부딪치는 ⇒ 부모의 반대에 <u>부딪히는</u> (참고: 마주 달리던 차끼리 부딪쳤다.)
- 정답을 못 맞췄다. ⇒ 정답을 못 <u>맞혔다.</u> (참고: 날짜에 맞춰 세금을 냈다.)
- 그 일은 흥미를 돋군다. ⇒ 흥미를 <u>돋운다.</u> (참고: 안경 도수를 돋굴 때가 됐다.)

⑦ 아니요, 괜찮으니 오십시오

형용사 '아니-'를 비롯한 용언에는 종결 어미 '-오'가 결합하지만, 부정의 대답을 나타내는 감탄사 '아니'는 청자에게 존대의 뜻을 나타내는 보조사 '요'가 결합하여 '아니요'가 된다. '아니요'의 경우 '아니오'로 잘못 표기되는 경우가 많으므로 유의한다.

- 물음에 '예, 아니오'로 답하시오.
  ⇒ 물음에 '예, <u>아니요</u>'로 답하시오.
- 아니오, 괜찮으니 어서 오십시오.
  ⇒ <u>아니요</u>, 괜찮으니 어서 오십시오.

친구가 밥 먹었느냐고 물어오면 어떻게 대답할까. "응" 또는 "아니"라고 대답할 것이다. 그러나 자기보다 윗사람이 묻는다면 "예" 또는 "아니요"로 대답해야 한다. '예'는 '응'의 높임말이고 '아니요'는 '아니'에 '요'가 붙은 높임말이다.

⑧ '되'와 '돼'는 정말 구별이 잘 안 돼요

우리말에서 '되'와 '돼'는 말을 할 때는 문제가 안 되는데 글로 쓸 때에는 '되'를 써야 할지 '돼'를 써야 할지 가끔 헷갈린다. 이는 'ㅚ'와 'ㅙ'가 발음상 잘 구별이 안 되기 때문에 나타나는 현상으로 보이는데, 문장 안에서 가려 쓸 수밖에 없다. '돼'는 '되어'의 준말이다. 그런데 문장에서 '되어'가 쓰이는지 '되'가 쓰이는지를 구별할 수 있어야 '되'와 '돼'를 가려 쓸 수 있다.

회덧널무덤: 조선시대 무덤 양식의 하나로, '회곽묘'나 '회격묘'라고도 합니다. 시신이 있는 자리를 석회로 막아 만든 무덤인데, 이렇게 하면 내부가 거의 진공 상태에 가까워집니다. 그래서 무덤 주인의 시신이 <u>양호한 상태로 발견돼</u> 일명 '조선의 미라'라고 불리기도 합니다.

양호한 상태로 발견**하**\\ (×)

양호한 상태로 발견**해**\\ (○)

('하'보다는 '해'가 더 어울리므로 여기서는 '되'가 아니라 '돼'를 쓴다.)

영산강 유역에서는 비옥한 평야와 강을 끼고 바다에 인접한 지리적인 여건을 바탕으로 강력한 세력이 존재하였다. 이들은 백제가 남쪽으로 세력을 확장해감에 따라 점차 <u>백제의 영향력 아래 놓이게 된다</u>.

백제의 영향력 아래 놓이게 **해**\다. (×)

백제의 영향력 아래 놓이게 **하**\다. (◯)

('해'보다는 '하'가 더 어울리므로 여기서는 '돼'가 아니라 '되'를 쓴다.)

위에서는 '돼'와 '되'가 섞여 쓰이고 있는데, 구별해 쓰기가 쉽지 않아 보인다. '되어'의 준말이 '돼'라고 했지만, '되어'가 쓰일 자리인지 '되'가 쓰일 자리인지를 구별하지 못해서 '돼'와 '되'를 가려 쓰지 못하는 일이 있다. '돼'와 '되'가 구별이 어렵다면 '되다' 자리에 '하'와 '해'를 대치에 보면 구별하기 쉽다. 위의 보기들에 쓰인 '돼' 또는 '되'의 자리에 '해'를 바꾸어 넣어 자연스럽다면, '돼'가 맞고, '하'를 넣어 더 자연스럽다면, '되'가 맞다. '뵈어'의 준말 '봬'도 이와 같은 방법으로 가려 쓸 수 있다. 참고로 종결 어미에는 '돼'만 가능하다. 왜냐하면 '되'는 '되어, 되고, 되어야' 같이 음절이 붙어야 하기 때문이다.

⑨ 낙원과 락원
_두음 법칙

한자음 '녀, 뇨, 뉴, 니'가 단어 첫머리에 올 적에는 두음 법칙에 따라 '여, 요, 유, 이'로 적어야 한다. 또한 한자음 '랴, 려, 례, 료, 류, 리'가 단어의 첫머리에 올 적에는 두음 법칙에 따라 '야, 여, 예, 요, 유, 이'로 적어야 한다.

두음 법칙에도 예외가 있는데 'ㄹ'이 첫소리에 오더라도 외래어인 경우엔 두음 법칙의 적용을 받지 않는다.

녀자(女子) ⇒ 여자

년세(年歲) ⇒ 연세

락원(樂園) ⇒ 낙원

래일(來日) ⇒ 내일

료리(料理) ⇒ 요리

력사(歷史) ⇒ 역사

해외려행(海外旅行) ⇒ 해외여행

라디오, 라디에이터, 리본, 로션

- 다만, 모음이나 'ㄴ' 받침 뒤에 이어지는 '렬, 률'은 '열, 율'로 적는다. 모음이나 'ㄴ' 받침 외의 받침 뒤에서는 '렬, 률'이 된다. 특히, 비율을 나타내는 '율(率)'의 잘못된 표기가 많이 나타나므로 유의한다.

외형률, 취업률, 발병률, 압축률, 체지방률, 프레임률
진단율, 오진율, 음주율, 회전율, 내재율

- 외래어 다음에 '율/률'이 올 때도 '율/률'의 적용 원리를 그대로 적용한다.

슛률(shoot率), 영률(Young率), 패스율(pass率)

⑩ '명사+명사-하다'의 띄어쓰기

같은 글에서는 원칙과 허용을 융통성 있게 적용할 수 있으나 원칙과 허용이 일관성 있게 유지돼야 한다. 즉 원칙을 적용한 용어는 글 안에서 지속해서 원칙이 적용되어야 하고, 허용을 적용한 용어는 일관되게 허용이 적용되어야 한다.

전문 용어는 사전에 붙임표(-)로 된 것은 붙여 쓴다. 삿갓 표시(^)로 된 것은 띄어 쓰는 것이 원칙이지만, 붙여 썼다면 일관성 있게 붙여 썼는지를 확인한다. '우리말샘'에 등재되어 있으나 띄어 써져 있다면 띄어 쓰도록 한다.

- '명사+명사-하다'(또는 '명사+명사-되다') 구성의 띄어쓰기에서 '명사+명사'가 전문 용어 구로 등재된 경우, '명사 명사 하다'의 형태로 띄어 쓴다.

   📋 채권에 25% 이상을 집중 투자하는 금융 상품
   ✏️ 채권에 25% 이상을 <u>집중 투자 하는</u> 금융 상품

'집중^투자'가 전문 용어 구로 등재되어 있으므로 '-하다' 앞에서 띄어 써야 한다.

📋 두 인자를 반복 없이 이원 배치하는 실험 계획 방법
✍️ 두 인자를 반복 없이 <u>이원 배치 하는</u> 실험 계획 방법

'이원^배치'는 사전에 등재되어 있지 않지만, 접사가 결합한 형태인 '이원^배치법'이 등재되어 있으므로 '이원 배치'의 띄어쓰기는 '이원^배치법'을 바탕으로 결정한다. 따라서 '-하다' 앞에서 띄어 써야 한다. 즉 '명사+명사'는 등재되어 있지 않지만, 여기에 접사가 결합한 형태가 등재되어 있다면 동일한 원칙을 적용한다.

- '명사+명사-하다'(또는 '명사+명사-되다') 구성의 띄어쓰기에서 '명사+명사'가 전문 용어 구로 등재되어 있지 않고, 명사와 명사 사이에 조사가 생략된 형태로 판단될 때에는, '명사 명사하다'의 형태로 띄어 쓴다.

📋 원리금을 전액 지급 한 후에야 원리금의 지급이 가능한 채권
✍️ 원리금을 <u>전액 지급한</u> 후에야 원리금의 지급이 가능한 채권

'전액 지급'이 전문 용어 구로 등재되어 있지 않고, '전액을 지급하다'에서 조사 '-을'이 생략된 형태로 판단되므로 '-하다'를 앞의 명사에 붙여 쓴다.

⑪ 합성 용언 띄어쓰기

합성 용언 중에는 사전에 풀이된 의미일 때만 붙여 쓰고 그렇지 않은 경우는 띄어 쓰는 단어가 있으므로 반드시 사전 뜻풀이를 확인하고 띄어쓰기 여부를 결정한다. 이때 사전 뜻풀이를 최대한 확대 해석 하여 가능하면 붙여 쓰도록 한다.

합성 용언은 한 단어이므로 붙여 쓰는 것이 원칙인데 한 단어임을 인식하지 못하고 띄어 쓰는 경우가 있으므로 『표준국어대사전』에서 찾아 정확한 표기를 확인해야 한다.

동일한 구성이라 하더라도 어느 경우에는 합성어가 되고 어느 경우에는 구가 되는 일이 있으므로 반드시 사전을 참고해야 한다. 사전에 붙임표(-)로 된 것은 붙이고, 띄어져 있거나 샷갓 표시(^)로 된 것은 띄어 쓴다.

'찾아보다, 빠져나가다, 함께하다, 가까이하다'와 같은 말은 사전에 뜻풀이가 있는 경우에 한해 붙여 쓰지만 최대한 확대 해석 하여 붙여 쓰고, 본동사 용법이 분명할 때만 띄어 쓴다.

다음과 같은 말은 합성어로 붙여 쓴 경우와 구로 띄어 쓴 경우가 의미가 다른 말들이다. 반드시 사전에서 의미를 정확히 확인하고 띄어쓰기를 선택해야 한다.

> 다하다: 연료가 다하다. / 겨울이 다하고 봄이 왔다. / 수명이
> 다하다. / 책임을 다하다.
> 다 하다: 운동을 다 한 뒤에 밥을 먹을 거예요.

> 함께하다: 그는 평생을 함께한 친구이다. / 아픔을 함께해주어
> 고맙다.
> 함께 하다: 설계와 시공을 함께 하게 되었다.

다음의 합성 용언들은 붙여 써야 하는데 띄어쓰기 오류가
자주 나타나므로 주의한다.

> 가까이하다, 갈아타다, 갚아먹다, 결말짓다, 끌어당기다, 내려
> 다보다, 내려받다, 달라붙다, 되풀이되다, 둘러쌓다, 따라잡다,
> 떠다니다, 떠돌아다니다, 떨어뜨리다, 뛰어다니다, 마음먹다,
> 머지않다, 먹고살다, 못지않다, 물어뜯다, 불러일으키다, 불어
> 넣다, 빠져나가다, 시중들다, 싹트다, 써넣다, 야단맞다, 오래되
> 다, 우선시하다, 이어받다, 인정받다, 잃어버리다, 잡아먹다, 주
> 고받다, 집어넣다, 쭈그러들다, 파고들다, 폭넓다, 한결같다, 한
> 눈팔다, 흘려보내다

『표준국어대사전』에는 등재되어 있지 않지만, 합성어로 보

고 반드시 붙여 써야 하는 경우도 있다. 합성어임에도 사전에 등재하지 않은 이유는 모든 합성어를 사전에 등재하는 것이 불가능하기 때문이다. 명사 '값, 금, 길, 꽃' 등이 붙은 낱말은 비록 사전 미등재어라고 하더라도 반드시 붙여 써야 한다.

⑫ 보조 용언 띄어쓰기

보조 용언 띄어쓰기에 앞서 간단하게 용언, 본용언, 보조 용언 개념을 정리해보자.

용언은 문장에서 서술어의 기능을 하는 동사, 형용사를 통틀어 이르는 말이다. 쓰임에 따라 본용언 보조 용언으로 나눈다. 둘의 차이점은 보조를 받느냐 아니면 하느냐에 있다.

- 본용언은 앞에서 보조 용언의 도움을 받는다. 예를 들면 "내일 중요한 회의가 있어서 자료를 준비해야 한다"라는 문장이 있으면 여기에서 본용언은 '준비하다'로 단어적 의미를 가진다. 반면 보조 용언은 '하다'로 문법적 의미를 가진다.

이 유물들은 백제 장인들이 공방을 만들어 관청이나 사원에 필요한 각종 제품을 공급했다는 사실을 보여 준다.
⇒ 보여(본용언), 준다(보조 용언)

- 보조 용언은 띄어 씀을 원칙으로 하되, 붙여 쓰는 것도 허용한다. 다만 일관성 유지를 위해 보조 용언 띄어쓰기는 통일시키는 것이 중요하다.

불이 꺼져 간다 (원칙) / 불이 꺼져간다 (허용)

그 일은 할 만하다 (원칙) / 그 일은 할만하다 (허용)

비가 올 듯하다 (원칙) / 비가 올듯하다 (허용)

잘 아는 척한다 (원칙) / 잘 아는척한다 (허용)

- 보조 용언 앞에 −ㄴ가, −나, −는가, −ㄹ까, −지 등의 종결어미가 있는 경우에는 보조 용언을 띄어 쓴다.

책상이 작은가 싶다 / 그가 밥을 먹나 보다 / 집에 갈까 보다 / 아무래도 힘들겠지 싶었다

- '−아/−어 지다', '−아/−어 하다'가 붙는 경우 보조 용언을 앞말에 붙여 쓴다. '지다', '하다'는 보조 용언이지만 원칙적으로 붙여 쓴다.

고대 호남 지역에서 출토된 계란모양토기와 시루는 만들어진 시기에 따라 모양이 다릅니다.

기뻐하다 / 예뻐하다 / 힘들어하다 / 궁금해하다

- '-아/-어 하다'가 구에 결합하는 경우는 띄어 쓴다.

보고 싶어 하다 / 먹고 싶어 하다

- 앞말에 조사가 붙거나 앞말이 합성 용언인 경우, 그리고 중간에 조사가 들어갈 적에도 그 뒤에 오는 보조 용언은 띄어 쓴다.

모르는 척만 하고, 스며들어 간, 밀려들어 가면서, 친구가 올 듯도 하다, 잘난 체를 한다

- 보조 용언이 거듭되는 경우에 앞의 보조 용언만을 붙여 쓸 수 있다.

적어 둘 만하다 (원칙) / 적어둘 만하다 (허용)
되어 가는 듯하다 (원칙) / 되어가는 듯하다 (허용)

⑬ 외래어 다음에 띄어쓰기

- 접사나 접사처럼 쓰이는 1음절 한자어가 외래어와 함께 쓰일 때는 붙여 쓴다.

남아메리카, 싱크대, 이슬람교, 유대교, 힌두교, 메이플라워호, 그레고리우스력, 에스파냐식

- 다음에 든 예들은 어종에 관계없이 붙여 쓴다. '-인(人), -어(語), -족(族)', '-해(海), 섬, 강, 산', '-가(家), -파(派), -교(橋), -법(法), -당(黨), -호(號), -선(線)' ……

크로마뇽인, 에스키모인, 그리스인 / 프랑스어, 아라비아어, 말레이·인도네시아어 / 게르만족, 마야족 /
카리브해, 발트해, 아드리아해, 카스피해 / 발리섬, 타이완섬, 코르시카섬, 사르데냐섬 / 양쯔강, 황허강, 나일강, 리오그란데강 / 에베레스트산, 몽블랑산, 몬테로사산, 킬리만자로산, 지리산

- 가(街), 곶(串), 관(關), 궁(宮), 만(灣), 부(府), 사(寺), 성(城), 성(省), 요(窯), 주(州), 주(洲), 현(縣), 호(湖), 고원(高原), 산맥(山脈), 평야(平野), 반도(半島), 왕(王) ……

태백산맥, 알프스산맥 / 크림반도 / 의자왕, 히에론왕, 쿠푸왕

- 도(道), 북도(北道), 남도(南道), 특별시(特別市), 광역시(廣域市), 시(市), 군(郡), 구(區), 읍(邑), 면(面), 동(洞), 리(里) ……

경기도, 충청남도, 서울특별시, 부산광역시, 과천시, 가평군, 청평읍, 신림동

- 갑(岬), 봉(峰), 부(部), 역(驛), 항(港), 도(島), 양(洋) ……

서울역, 인천항, 태평양

- 고유어와 한자어, 외래어 인명에 '대왕(大王), 명왕(明王), 여왕(女王), 황제(皇帝), 대제(大帝), 거서간(居西干), 차차웅(次次雄), 마립간(麻立干)' 등이 붙을 때는 띄어 쓰는 것이 원칙이고 붙여 쓸 수 있다.

세종 대왕 (원칙) / 세종대왕 (허용)
광개토 대왕 (원칙) / 광개토대왕 (허용)

알렉산디 대왕 (원칙) / 알렉산더대왕 (허용)

• 다음 예들은 띄어 쓰는 것이 원칙이고 붙여 쓸 수 있다.

고개, 공로(公路), 군도(群島), 분지(盆地), 사막(沙漠/砂漠), 산계(山系), 산지(山地), 수고(水庫), 수도(水道), 열도(列島), 운하(運河), 유적(遺蹟), 유전(油田), 자치구(自治區), 자치현(自治縣), 제도(諸島), 철도(鐵道), 토성지(土城地), 해안(海岸), 해협(海峽), 협만(峽灣) ……

격렬비 열도 (원칙) / 격렬비열도 (허용)

알류샨 열도 (원칙) / 알류샨열도 (허용)

대한 해협 (원칙) / 대한해협 (허용)

도버 해협 (원칙) / 도버해협 (허용)

⑭ 그 밖의 띄어쓰기

• 관형사는 체언 앞에 놓여서, 그 체언의 내용을 자세히 꾸며 주는 품사로, 뒤따르는 말과 항상 띄어 쓴다. 조사도 붙지 않고 어미 활용도 없다. 다만 '각호'처럼 한 단어가 된 것은 붙여 써야 한다.

각 학교, 각 사람, 각 학교 / 각호, 각급

매 사업, 매 회계연도 / 매번, 매시간

전 국민, 전 세계, 전 20권 / 전국, 전경(全景)

• 접두사는 어근의 앞에 붙어서 특정한 뜻을 더하거나 강조하면서 새로운 말을 만드는 역할을, 접미사는 어근이나 단어의 뒤에 붙어서 새로운 단어를 만드는 역할을 한다.

'제-'는 접두사이므로 뒷말에 붙여 써야 한다. 아라비아 숫자 뒤에 오는 단위성 의존명사는 띄어 쓰는 것을 원칙으로 하되 붙여 쓸 수 있다.

제1 회(원칙) / 제1회(허용)

'대국민, 미작동, 부도덕'의 '대-, 미-, 부-'는 접두사이므로 뒷말에 붙여 쓴다.

대국민 사과문, 대북한 전략 / 미개척, 미성년, 미완성 / 부정확, 부자유

• 최근에 접미사로 처리한 '-상, -하'는 모두 앞말과 붙여 쓴다.

관계상, 미관상, 사실상, 외관상, 절차상
인터넷상, 전설상, 통신상
지구상의 생물, 지도상의 한 점, 직선상의 거리, 도로상에 차가 많이 나와 있다
식민지하, 원칙하, 지도하, 지배하
교각하 추락 주의, 선반하 적치 금지

• 시간을 나타내는 의존명사 '시(선정 시), 만(사흘 만), 지(떠난 지)'는 띄어 쓴다. 다만 '비상시, 유사시, 평상시, 필요시'처럼 사용 빈도가 높은 단어는 붙여 써야 한다. 시간을 나타내는 의존명사 '중'은 띄어 쓴다. 다만 '부재중, 무의식중, 은연중, 한밤중'처럼 사용 빈도가 높은 단어는 붙여 써야 한다.

160

전시 중, 수업 중, 근무 중, 회의 중, 수업 중

- '간'의 의미가 '사이'일 때는 띄어 쓰고 '시간'일 때는 붙여 쓴
  다. 다만 '부부간, 부자간, 부녀간, 모자간, 모녀간, 형제간,
  자매간, 남매간'처럼 사용 빈도가 높은 단어는 붙여 써야
  한다.

부모와 자식 간, 서울과 부산 간('간'은 의존명사)
이틀간, 한 달간, 삼십 일간('간'은 접미사)

- '있다'와 '없다'는 붙여 쓰는 경우도 있고 띄어 쓰는 경우도
  있으므로 구별해서 써야 한다.

재미있다, 관계있다, 상관있다, 뜻있다
관심 있다, 뒤끝 있다, 힘 있다, 가치 있다, 의리 있다, 의미 있다
재미없다, 관계없다, 상관없다, 쓸모없다, 보잘것없다
필요 없다, 어쩔 수 없다, 할 수 없다, 의리 없다

전시물 관련 전문 용어 띄어쓰기는 『2015 국립중앙박물관
전시품 명칭 용례집』과 『국립중앙박물관 전시 용어: 미술사』
(2006)를 참고한다.

⑮ 문장 부호

문장 부호는 「한글 맞춤법」의 '[부록] 문장 부호' 내용과 「문장 부호 해설」(2015, 국립국어원)에 따른다.

원칙과 허용이 있는 경우는 원칙을 따른다. 다만, 허용이 널리 쓰이는 경우는 허용 쪽으로 통일한다. 규정에 언급되지 않은 사항은 일반적인 관행을 따르되, 일관성 있게 사용하였는지를 점검한다.

제목에서 문장 종결 부호(마침표, 물음표, 느낌표)는 특별한 경우가 아니면 생략한다.

법령명에는 홑낫표(「 」)를 사용하는 것을 권장한다. 책 이름과 작품 이름은 각각 큰따옴표(" ")와 작은따옴표(' ') 또는 겹낫표(『 』)나 겹화살괄호(《 》)가 쓰였다면 일관성만 확인한다.

책 제목에는 겹낫표(『 』), 글 제목에는 홑낫표(「 」)를 사용한다.

- 화첩 이름: 겹화살괄호 사용 예 《송도기행첩》

- 단일 그림, 단일 유물 이름: 홑화살괄호 사용 ⓔ 〈영통동 구도〉
- 인용문: 「명문」, '강조', "직접인용"
- 원어 표기 때 사용하는 대괄호와 소괄호는 구분하지 않고 일관성만 확인한다.
- 한자와 한글의 음이 다를 경우: 대괄호 안에 한자 표기한다.
  ⓔ 다라니경[陀羅尼經]
- '나이[年歲]'로 표기하는 것이 원칙이나 '나이(年歲)'도 허용한다.
- '자유 무역 협정[FTA] / 에프티에이(FTA)'로 표기하는 것이 원칙이지만, '자유 무역 협정(FTA)'으로 일관되게 표기했다면 허용한다.
- 작은따옴표 안에서는 마침표는 생략한다. 큰따옴표 안에서는 일관성만 확인한다.
  ⓔ 편지를 '부친다'고 합니다.
- 사전에 등재된 한 단어에는 가운뎃점을 사용하지 않고, 사전에 등재되지 않은 단어에는 가운뎃점을 사용한다.
  ⓔ 편불법 주정차, 국내외, 근현대, 농어촌, 시도, 시군, 승하차, 한일 / 신·증축, 오·탈자, 위·변조, 유·무형, 자·타각, 시·도지사, 여·야·정

문장 부호 사용의 주요 내용을 정리한 일람표는 다음과 같다.

〔문장 부호 일람표〕

부호	이름	용법
.	마침표	• 서술, 명령, 청유 등을 나타내는 문장의 끝에 쓴다. • 연월일을 표시하거나 특정한 의미가 있는 날을 나타낼 때 쓴다.
?	물음표	• 의문문이나 물음을 나타내는 어구의 끝에 쓴다. • 적절한 말을 쓰기 어렵거나 모르는 내용임을 나타낼 때 쓴다.
!	느낌표	• 감탄문이나 강한 느낌을 나타내는 어구의 끝에 쓴다.
,	쉼표	• 어구를 나열하거나 문장의 연결 관계를 나타낼 때 쓴다. • 문장에서 끊어 읽을 부분임을 나타낼 때 쓴다.
·	가운뎃점	• 둘 이상의 어구를 하나로 묶어서 나타낼 때 쓴다.
:	쌍점	• 표제나 주제에 대하여 구체적인 사례나 설명을 붙일 때 쓴다. • 시와 분, 장과 절 등을 구별할 때 쓴다.
/	빗금	• 대비되는 둘 이상의 어구를 묶어서 나타낼 때 쓴다.
" "	큰따옴표	• 대화를 표시하거나 직접 인용한 문장임을 나타낼 때 쓴다.
' '	작은따옴표	• 인용문 속의 인용문이거나 마음속으로 한 말임을 나타낼 때 쓴다. • 문장 내용 중에서 특정한 부분을 특별히 드러내 보일 때 쓴다.
( )	소괄호	• 주석이나 보충적인 내용을 덧붙일 때, 어려운 용어를 풀어 쓸 경우 쓴다. • 항목의 순서나 종류를 나타낼 때 쓴다.
{ }	중괄호	• 같은 범주에 속하는 여러 요소들을 묶어서 보일 때 쓴다.
[ ]	대괄호	• 괄호 안에 또 괄호를 쓸 필요가 있을 때 바깥쪽의 괄호로 쓴다. • 원문에 대한 설명이나 논평 등을 덧붙일 때 쓴다.
『 』	겹낫표	• 책의 제목이나 신문 이름 등을 나타낼 때 쓴다.
「 」	홑낫표	• 소제목, 예술 작품의 제목, 상호, 법률 등을 나타낼 때 쓴다.
« »	겹화살괄호	• 책의 제목이나 신문 이름 등을 나타낼 때 쓴다.
〈 〉	홑화살괄호	• 소제목, 예술 작품의 제목, 상호, 법률 등을 나타낼 때 쓴다.

부호	이름	용법
—	줄표	• 제목 다음에 표시하는 부제를 나타낼 때 쓴다. • 문장 중간에 끼어든 어구임을 나타낼 때 쓴다.
–	붙임표	• 차례대로 이어지거나 밀접한 관련이 있는 어구를 묶어서 나타낼 때 쓴다.
~	물결표	• 기간이나 거리 또는 범위를 나타낼 때 쓴다.
˙	드러냄표	• 문장 내용 중에서 특정한 부분을 특별히 드러내 보일 때 쓴다.
_	밑줄	• 문장 내용 중에서 특정한 부분을 특별히 드러내 보일 때 쓴다.
○, ×	숨김표	• 금기어나 비속어 또는 비밀임을 나타낼 때 쓴다.
□	빠짐표	• 글자가 들어갈 자리임을 나타낼 때 쓴다.
……	줄임표	• 할 말을 줄이거나 말이 없음을 나타낼 때 쓴다.

⑯ 외래어 표기법

[국제 음성 기호와 한글 대조표]

자음			반모음		모음	
국제 음성 기호	한글		국제 음성 기호	한글	국제 음성 기호	한글
	모음 앞	자음 앞 또는 어말				
p	ㅍ	ㅂ, 프	j	이*	i	이
b	ㅂ	브	ɥ	위	y	위
t	ㅌ	ㅅ, 트	w	오, 우*	e	에
d	ㄷ	드			ø	외
k	ㅋ	ㄱ, 크			ɛ	에
g	ㄱ	그			ɛ̃	앵
f	ㅍ	프			œ	외
v	ㅂ	브			œ̃	욍
θ	ㅅ	스			æ	애
ð	ㄷ	드			a	아
s	ㅅ	스			ɑ	아
z	ㅈ	즈			ɑ̃	앙

166

자음			반모음		모음	
국제 음성 기호	한글		국제 음성 기호	한글	국제 음성 기호	한글
	모음 앞	자음 앞 또는 어말				
ʃ	시	슈, 시			ʌ	어
ʒ	ㅈ	지			ɔ	오
ʦ	ㅊ	츠			ɔ̃	옹
dz	ㅈ	즈			o	오
ʧ	ㅊ	치			u	우
ʤ	ㅈ	지			ə**	어
m	ㅁ	ㅁ			ɚ	어
n	ㄴ	ㄴ				
ɲ	니*	뉴				
ŋ	ㅇ	ㅇ				
l	ㄹ, ㄹㄹ	ㄹ				
r	ㄹ	르				
h	ㅎ	흐				
ç	ㅎ	히				
x	ㅎ	흐				

(출처) 국립국어원

* [j], [w]의 '이'와 '오, 우, 그리고 [ɲ]의 '니'는 모음과 결합할 때 제3장 표기 세칙에 따른다.
** 독일어의 경우에는 '에', 프랑스어의 경우에는 '으'로 적는다.

[외래어 표기법 용례 찾기]

  kornorms.korean.go.kr

외래어는 국어의 현용
24자모만으로 적는다

이는 외래어를 표기하려고 새로운 문자를 사용하지 않는다는 뜻이다. 24자모란 자음 14개(ㄱ, ㄴ, ㄷ, ㄹ, ㅁ, ㅂ, ㅅ, ㅇ, ㅈ, ㅊ, ㅋ, ㅌ, ㅍ, ㅎ)와 모음 10개(ㅏ, ㅑ, ㅓ, ㅕ, ㅗ, ㅛ, ㅜ, ㅠ, ㅡ, ㅣ)를 이른다.

　외래어 표기는 우리나라 사람들이 일상적인 국어 생활을 하는 가운데 표기형을 통일하기 위한 것이지, 외국어로 의사소통을 하기 위한 것이 아니라는 점을 기억해야 한다.

외래어의 1음운은 원칙적으로
1기호로 적는다

예를 들어, [f]를 'ㅍ'으로 적기로 했으면, 어떤 경우에도 'ㅍ'으로 적어야 한다. 만약 하나의 소리인 [f]를 경우에 따라 'ㅍ'과 'ㅎ' 두 가지로 적는다면, 어떤 단어에서 'ㅍ'으로 적고 어떤 단어에서 'ㅎ'으로 적어야 하는지를 따로 익혀야 하는 부담이 생긴다. 즉 fine은 '파인'으로 적듯이 family도 '훼밀리'가 아닌 '패밀리'로 적는다. feel을 '필'로 적지 않고 '휠'로 적게 되면 wheel도 '휠'이어서 동음어가 된다.

'로켙'이 아니고 '로켓'으로 적는 까닭

받침에는 'ㄱ, ㄴ, ㄹ, ㅁ, ㅂ, ㅅ, ㅇ'만을 쓴다. 따라서 'ㄷ, ㅈ, ㅊ, ㅋ, ㅌ, ㅍ, ㅎ, ㄲ, ㄸ, ㅃ, ㅆ, ㅉ'은 받침으로 쓰지 않는다.

coffee shop을 '커피숖'으로 적지 않고 '커피숍'으로 적는 것은 모음으로 시작하는 조사와 결합할 때 [커피쇼피], [커피쇼페서] 와 같이 발음하지 않고 [커피쇼비], [커피쇼베서]로 발음하기 때문이다.

또한 rocket을 '로켙'이 아닌 '로켓'으로 적는 것은 모음으로 시작하는 조사와 결합할 때 [로케시], [로케슬]과 같이 소리 나기 때문이다. [t]음을 지닌 'hotline, chocolate' 등의 't'는 'ㄷ' 대신 '핫라인, 초콜릿'처럼 'ㅅ'으로 적는다. 즉 받침의 'ㄷ, ㅅ, ㅈ, ㅊ, ㅌ'의 대표음을 'ㅅ'으로 정했기 때문이다.

외래어 파열음 표기

파열음 표기에는 된소리를 쓰지 않는 것을 원칙으로 한다.

무성파열음 표기 [p, t, k]는 영어나 독일어에서는 거센소리로 나고, 프랑스어, 러시아어에서는 된소리에 가깝게 나는데, 이것을 거센소리로 통일해서 적는다.

파리, 카페, 콩트, 코냑, 피에로, 모스크바, 도쿄, 오사카

'버스, 댐, 가스'로 적는다는 것인데, '뻐스, 땜, 까스'와 같이 된소리 표기를 인정한다면 '골프, 게임, 골, 가운, 달러, 더블, 백, 볼' 등도 된소리로 적어야 하는 부담이 생기기 때문이다.

반면, 동남아시아권 외래어 표기법에서는 된소리 표기를 인정하므로 '푸껫, 호찌민' 등으로 적는다.

'게잌' 말고 '케이크' 주세요

• 짧은 모음 다음의 무성파열음([p, t, k])은 받침으로 적는다.

로봇, 북, 디스켓, 로켓, 초콜릿, 카펫, 캐비닛

• 그 밖의 어말 무성파열음은 '으'를 붙여 적는다.

테이프, 케이크 / 플루트, 지프 / 매트리스 / 시크니스

• 유성파열음([b, d, g])은 어말이나 자음 앞에서 항상 '으'를 붙여 적는다. 그러나 이미 굳어진 말은 관용을 존중하여 예외를 인정한다.

헤드, 허브, 버그
백, 랩, 웹(예외)

'계란후라이'보다는
'달걀프라이'가 더 맛있어요

- [f, v]는 'ㅍ, ㅂ'으로 적는다.

페리호, 패밀리, 프라이, 프라이팬, 파이팅, 파일, 피날레, 필름,
페스티벌, 파이버

- [ʃ]는 자음 앞에서는 '슈'로 어말에서는 '시'로 적는다. 모
  음 앞의 [ʃ]는 뒤따르는 모음에 따라 '샤, 섀, 셔, 셰, 쇼, 슈,
  시'로 적는다. 영어가 아닌 다른 언어에서 온 말은 [ʃ]를
  언제나 '슈'로 적는다.

슈림프, 슈러브, 대시, 잉글리시, 패션, 쇼핑, 셰익스피어, 리더
십, 새시(창틀), 플래시(손전등)
아인슈타인(독일인), 타슈켄트(러시아 지명)

- [s]는 'ㅅ'으로 적는다.

서비스, 센터, 시스템, 룸살롱, 부동산 서브, 샐러드, 세일, 세트,
소시지, 시티, 싱크대(개수대, 설거지대)

- 마찰음 [ʒ]와 파찰음 [dʒ, ts, dz, tʃ]는 모음 앞에서 '지, 치'

가 아닌 'ㅈ, ㅊ'으로 적는다. 즉 '쟈, 져, 죠, 쥬, 챠, 쳐, 쵸, 츄' 같은 어형을 쓰지 않는다.

저널, 비전, 레저, 매니저, 인터체인지, 차트, 스케줄러

'컨텐츠'는 부실하니
'콘텐츠'로 채워주세요

• [ə]와 [ʌ]는 '어'로 적고, [ɔ]는 '오'로 적는다.

디지털, 터미널, 라이터, 모터, 베어링, 셔터, 스티커, 액세서리, 파우더, 포털 사이트, 히터, 햄버거 / 컬러, 허니 / 콘서트, 콘셉트, 콘텐츠, 콘테스트, 콘티뉴이티

• 이중모음 [ai], [au], [ei], [ɔi]는 각각 '아이', '아우', '에이', '오이'로 적는다. 다만, [ou]는 '오'로 [auə]는 '아워'로 적는다. 장모음은 따로 표시하지 않는다.

타임, 스케이트, 전자레인지, 스테이플러(찍개, 박음쇠)
보트, 볼링, 도넛, 모터, 소파
파워, 타워, 타월
뉴욕, 오사카, 미라

'베니스의 상인'은
'베네치아'에서 살았다

- 중국 인명은 과거인과 현대인을 구분하여 과거인은 종전의 한자음대로 표기하고, 현대인은 원칙적으로 중국어 표기법에 따라 표기하되, 필요한 경우 한자를 병기한다.
  중국의 역사 지명으로서 현재 쓰이지 않는 것은 우리 한자음대로 하고, 현재 지명과 동일한 것은 중국어 표기법에 따라 표기하되, 필요한 경우 한자를 병기한다.

공자(孔子), 맹자(孟子) / 마오쩌둥(毛澤東), 시진핑(習近平)
장안(長安) / 베이징(北京市), 난징(南京市)

- 일본의 인명과 지명은 과거와 현대 구분 없이 일본어 표기법에 따라 표기하는 것을 원칙으로 하되, 필요한 경우 한자를 병기한다. 중국 및 일본의 지명 가운데 한국 한자음으로 읽는 관용이 있는 것은 이를 허용한다.

東京: 도쿄, 동경 / 京都: 교토, 경도
上海: 상하이, 상해 / 臺灣: 타이완, 대만 / 黃河: 황허, 황하

- 인명, 기관, 단체, 회사, 상품 등을 나타내는 고유명사는 본인이나 해당 기관 등에서 원하는 표기를 인정한다.

맥도날드, 구찌, 쏘나타

- 원지음을 영어식 발음보다 우선하되, 영어식이 널리 쓰이
  는 것은 허용한다.

빈(오스트리아) / 비엔나, 베네치아(이탈리아) / 베니스, 카탈루냐
(스페인) / 카탈로니아

- 본문에 인명이 처음 나올 때는 전체 이름을 모두 적어준다.
  이때 한글로만 표기해서는 동명이인 등을 구분하기 어려운
  경우에만 괄호 안에 원어 표기를 하는 것을 원칙으로 한다.

앤디 워홀(Andy Warhol)은 미국에서 태어났다. 워홀은 ……

- 출생지와 국적, 활동지 등이 달라서 인명 표기 기준이 불분
  명하면 출생지를 기준으로 한다. 그러나 본인의 의사가 분
  명하게 알려진 경우는 본인의 의사에 따른다.

John Heartfield: 존 하트필드(○) / 존 하트필트(×)

- 신문, 잡지 등 정기 간행물은 원어를 「외래어 표기법」에 따
  라 적는다. 원어에서 띄어 쓴 말은 띄어 쓰되 붙여 쓸 수도
  있다. 외국어로 된 책, 논문, 노래, 영화, 작품 제목 등은 본

문에서 우리말로 번역하여 제시했는지 확인하고, 저작자가
원하지 않거나 널리 알려진 표기는 예외로 한글로 음차하
여 표기한다.

일상적으로 자주 틀리는 외래어 표기는 다음과 같은 것을
들 수 있다.

깁스, 데뷔, 뷔페, 돈가스, 렌터카, 리포트, 마가린, 마니아, 메시
지, 메이크업, 바비큐, 바게트, 배지(badge), 배터리, 벨트(허리띠),
비닐, 비즈니스, 스태미나, 스튜디오, 스티로폼, 아이스케이크,
알레르기, 알루미늄, 알코올, 앙코르, 에메랄드, 에어컨, 와이셔
츠, 주스, 카바레, 캘린더, 컨테이너, 클럽, 클리닉, 클리닝, 타
일, 토털, 트로트, 팸플릿, 프러포즈, 플라스틱, 플라자, 플래카
드, 할리우드, 헤어숍, 호르몬

• 외래어 표기법을 확인하려면 국립국어원 자료실에서 검색
  할 수 있다.

국립국어원 → 어문 규범 → 용례 찾기 → 외래어 표기법

외래어 표기법으로 해결하기 어려우면 국립국어원 누리집
'어문 규범 → 용례 찾기'에서 찾아본다. 이때 언어권이나 출신
지를 확인한다. 용례에 없는 외래어는 원지음 자료를 확인하여
최대한 원지음에 가깝게 적는다.

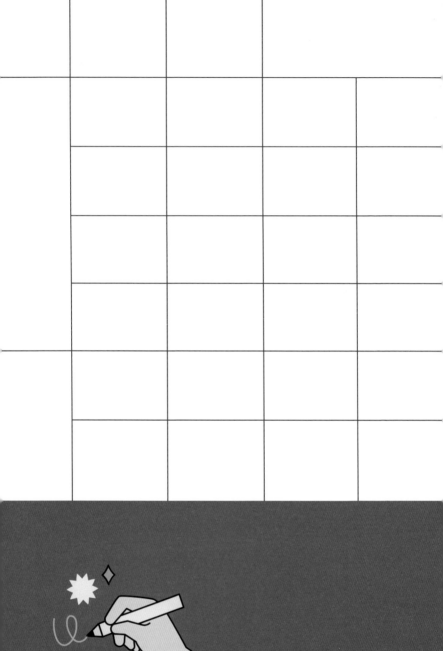

① 통하게 써야 통통한 글이 된다

글은 단어와 단어를 쌓아 문장을 만들고, 문장들이 모여 문단을 이루고, 문단들 여러 개가 모여 비로소 하나의 글을 완성하는, 결국 활자로 쌓은 건축물이다. 무작정 쌓는다고 되는 것은 아니다. 서로 어울려 뜻이 통하도록 쌓는 것이 요령이다. 그래야만 사리나 사물을 꿰뚫어 알거나 통하게 만드는 통통한 글이 된다. 즉 안내문을 쓰는 사람과 읽는 사람 사이에 뜻이 통하고 마음이 통하게 되는 것이다.

교열의 가장 기본은 단어와 단어, 문장과 문장, 문단과 문단의 호응을 살피는 데 있다. 호응이 안 되는 글은 누구도 이해시킬 수 없고, 아무도 설득할 수 없기 때문이다.

📑 사천왕사는 성전사원 중 하나로서 국가의 지원 아래 전용와요全用瓦窯를 운용하면서 화려한 문양의 막새기와뿐만 아니라 수면와·능형전·부연와·연목와 등의 여러 기와와 녹유 소조상 등을 생산하였다. 이후 수리나 중수 등의 목적으로 전용와를 지속적으로 제작·사용하였다. 한편, 사천왕사 목탑지 바

닥에서는 정방형의 보상화문전 둘레에 물결 모양[水波形] 전돌을 한 줄로 나란히 놓은 모습이 확인되었으며, 이는 부처의 정토 세계를 구현한 것으로 보인다.

(✎) 사천왕사는 성전사원[1] 중 하나로서 나라의 지원을 받아 전용 가마를 두고 기와를 직접 만들어 썼다. 이곳에서는 무늬가 화려한 막새기와[2]뿐만 아니라 수면기와[3], 마름모무늬 벽돌, 부연기와[4], 연목기와[5] 등 여러 기와와 녹유[6] 소조상 등을 만들었으며, 절을 다 짓고 난 후에도 건물을 수리할 때 쓰는 전용 기와를 만들었다.

한편, 사천왕사 목탑 터 바닥에 정사각형의 보상화[7]무늬 벽돌 둘레로 물결무늬 전돌[8]을 한 줄로 나란히 깔았는데, 이는 불교의 이상 세계인 정토를 나타낸 것으로 보인다.

이 글은 세 문장이 한 문단을 이루고 있다. 그런데 문단 구성이 조금 부자연스럽다. 첫 번째 문장의 서술어는 '생산하였다'인데, 두 번째 문장의 서술어는 '제작·사용하였다'이다. '제작하였다'에 초점을 맞추면 사천왕사가 기와를 만들었다는 뜻으로 사천왕사의 역할을 설명하는 글이 되고, '제작·사용하였다'에 초점을 맞추면 사천왕사가 기와를 만들어 썼다는 뜻으로 사천왕

---

1) 왕실 사원의 관리와 운영을 담당하던 관부조직인 성전(成典)이 설치된 사원.
2) 처마 끝을 장식하는 무늬기와. 3) 짐승 얼굴 모양의 기와. 4) 처마 끝을 들어 올린 모양의 기와. 5) 처마 끝에 있는 서까래를 보호하는 기와. 6) 녹색 잿물. 7) 가상의 식물. 8) 흙을 구워 만든 블록.

사 가마의 역할을 설명하는 글이 되는데, 첫 번째 서술어가 이 글을 오해하게 만들고 있다. 실제로 사천왕사는 기와를 전문적으로 만든 곳이 아니라 기와를 자체적으로 만들어 쓴 곳이기 때문이다.

더욱이 두 번째 문장에 "이후 수리나 중수 등의 목적"을 언급함으로써 이전에는 어떤 목적으로 전용 기와를 만들었는지 설명하게 만들어 두 문장의 결속력이 약해졌다. 끝으로 마지막 문장은 앞에 있는 문장들과 확연히 다른 설명을 하고 있으므로 같은 문단에 둘 이유가 없다. 이런 점을 고려하여 다듬어야 한다.

② 부연은 비중 있는 조연이다

시인 조지훈은 그 옛날 「고풍의상」(1939)이라는 시에서 "하늘로 날을 듯이 길게 뽑은 부연 끝 풍경이 운다"라고 썼다. 이때의 '부연'은 멋을 내기 위해 겹처마의 서까래 끝에 덧댄 건축 자재를 가리키는 말이다. 글에도 부연이 있는데, 간결한 중심 문장에 의미를 덧대 본래 의미를 구체화하는 역할을 하는 문장을 가리키는 말이다. 부연이 없는 글은 멋이 없을 뿐만 아니라 설명도 부족하다. 그래서 부연이 없는 글은 짧다.

부연은 주연이 아니라 조연이다. 영화에 주연만 있는 경우는 없다. 주연을 돋보이게 하는 감초 역할의 조연이 꼭 필요하다. 글에서도 마찬가지다. 부연은 근거나 예시처럼 주연인 중심 문장을 뒷받침하는 조연에 불과하지만, 근거나 예시보다 확실히 출연 분량이 많다. 그만큼 비중 있는 역할이라고 할 수 있다. 실례로, 예시를 버리면 이해하기 어려울 수 있지만, 근거를 버리면 설득이 어렵다. 그리고 부연을 버리면 설명이 어렵다.

📑 신라에서 국가와 왕실의 안녕에 대한 염원은 사찰 건립의

중요한 동력이 되었다. 왕실은 성전사원成典寺院을 설치하여 사원을 영선營繕, 감독하고 국가 의례를 담당하게 하기도 하였다. 통일 이후 불교가 한층 대중화되고 신앙이 보편화되면서 왕실, 귀족 이외에 지방 호족, 일반인도 사원 건립에 참여하였다. 8세기 이후『무구정광대다라니경』이 중시되어 탑 조성과 신앙에서 큰 영향을 주었다.

신라 시대에는 불교가 번창하였다. 신라의 왕실은 국가와 자신들의 안녕을 기원하며 절을 세우는 일에 앞장섰는데, 특히 성전사원[9]을 두어 절을 수리하거나 감독하게 하고 국가 의례를 맡겼다. 통일 이후에는 불교가 더욱 대중화되어 왕실 외에도 귀족이나 지방 호족, 일반인도 절을 세우는 일에 나섰다. 8세기 이후에 간행된『무구정광대다라니경』은 최초의 목판 인쇄본 불경으로 불탑을 세우는 등 불교 신앙에 큰 영향을 주었다.

이 글은 네 문장이 한 문단을 이루고 있다. 그렇다면 중심 문장은 몇 번째 문장일까? 문장과 문장의 관계를 고려할 때, 첫 번째 문장을 중심 문장으로 볼 수 있다. 다만 완전한 중심 문장으로 보기에는 다소 부족한 구석이 있다. 두 번째 문장은 첫 번째 문장을 뒷받침하지만, 세 번째 문장과 네 번째 문장이 첫 번째 문장을 뒷받침하는지 명확하지 않기 때문이다. 세 번째 문장에

---

9) 왕실 사원의 관리와 운영을 담당하던 관부조직인 성전(成典)이 설치된 사원.

서 일반인 등이 사원 건립에 참여한 이유가 왕실과 같아야 하고, 네 번째 문장에서『무구정광대다라니경』간행과 불탑 조성의 이유가 왕실과 같아야 하는데 그것이 명확하게 드러나지 않았다. 무엇보다 네 번째 문장의 불경 간행과 탑 조성은 첫 번째 문장의 사찰 건립과 무관하므로 결속력이 약하다. 이런 점을 고려하여 새로운 중심 문장을 만들어줄 수 있다.

③ 문단 쌓기에도 요령이 있다

비록 오래전의 일이지만 『말이 올라야 나라가 오른다』(2004)에서는 한 문장의 평균 글자 수를 40~50자라고 하였고, 『신문 콘텐츠 제국』(2008)은 60~90자라고 하였다. 이런 차이는 일반 글과 신문 기사라는 각각의 특성에서 비롯된 것으로 보인다. 글의 목적이나 종류에 따라 글의 길이가 다를 수 있기 때문이다. 그런데 이런 연구를 근거로 이상적인 문장의 길이를 일반화하는 것은 피해야 한다. 이와 비슷하게 만연체보다 간결체가 좋다는 식으로 말하는 경우도 있다. 이렇게 일반화시켜 하는 말들을 듣는 것은 참으로 불편한 일이다. 한 문장의 길이는 남들보다 짧을 수도 있고 길 수도 있지, 이것을 두고 옳고 그름을 따지는 것은 무리수다. 글은 글자 수나 문체가 아니라 의미로 완성되기 때문이다.

📋 부엌이라는 말의 어원은 '불'에서 비롯되었습니다. 15세기 『훈민정음訓民正音』 등에 '브섭, 브섭, 브석'이 등장합니다. 이후 '브석, 브업, 브억, 부억'이 되고 20세기 이후 '부엌'으로 고정되

었습니다. 부엌 어원의 의미는 해석마다 조금씩 차이가 있지만 '부'는 공통적으로 '불'과 결합된 것으로 봅니다. '엌'은 측면을 의미하는 '섭'과 결합한 것이거나, 장소를 의미하는 '억', 땔감을 의미하는 '섭'으로 보는 해석이 있습니다.

부엌에서 가장 중요한 시설은 부뚜막입니다. 부뚜막이라는 말은 '븟'과 '으막'으로 이루어진 단어입니다. '븟'은 불을 의미하며, '으막'은 '막다'라는 뜻을 가지고 있습니다.

(제1안) 부엌은 '불'에서 온 말입니다. 부엌은 15세기 『훈민정음』〈해례본〉에서 '브섭'으로 나오다가 16세기 『두시언해』〈초간본〉(1581)에서 '브석', 17세기 『두시언해』〈중간본〉(1632)에서 '브업'을 거쳐 『역어유해』(1690)에서 '부어'으로 자리를 잡았습니다. '브'나 '부'는 '불'을 뜻하고, '섭'은 '옆', '억'은 '장소', '섭'은 '땔감'을 뜻하는 말로 해석하기도 하므로 부엌은 '불을 피우는 장소'를 뜻하는 말입니다.

부뚜막도 '불'에서 온 말입니다. 부뚜막은 18세기 『역어유해보』에서 '븟두막'으로 나오는데 그 이전의 문헌 기록은 찾기 어렵습니다. 다만 '븟으막'에서 '븟두막'으로 자리를 잡은 것으로 보고 있습니다. '븟'은 '불'을 뜻하고, '으막'은 '움막과 같은 막'이나 '막다'를 뜻하는 말로 해석하기도 하므로 부뚜막은 '불을 피우기 위해 막은 장치'를 뜻하는 말입니다.

(제2안) '부엌'과 '부뚜막'은 불을 피우는 도구를 사용하는 단계에서 불을 피우는 장소나 장치로 한 단계 발전한 형태입니다. '부엌'의 어원은 '브섭'에서 찾을 수 있습니다. '브'는 '불'을 뜻하고

'섭'은 '장소'를 뜻하는 말로 해석하기도 하므로 부엌은 '불을 피우는 장소'라고 할 수 있습니다. 그런가 하면 '부뚜막'의 어원은 '븟'과 '으막'에서 찾을 수 있습니다. '븟'은 '불'을 뜻하고 '으막'은 '막다'를 뜻하는 말로 해석하기도 하므로 부뚜막은 '불을 피우기 위해 막은 장치'라고 할 수 있습니다.

이 글은 두 문단으로 이루어져 있다. 그런데 두 번째 문단의 길이가 첫 번째 문단에 비해 너무 짧아서 자꾸만 신경이 쓰인다. 두 문단으로 글을 구성할 때 각 문단의 설명 방식이나 비중이 비슷해야 한다. 한쪽은 '부자의 밥상'처럼 기술했는데, 다른 한쪽은 '거지의 밥상'처럼 기술하면 안 된다. 실제로 비중이 약한 문단은 내용을 더 보완하든지 아니면 삭제하는 편이 더 나을 수도 있다. 대체로 글을 잘못 구성했을 때 이런 일이 생긴다.

안내문의 내용을 보면 '부엌'과 '부뚜막'의 어원을 설명하고 있는데, 이상하게 설명 방식이 조금 다르다. '부엌'의 어원은 『훈민정음』이라는 문헌상의 기록을 언급하여 설명하는데, '부뚜막'의 어원은 그런 문헌상의 기록을 언급하지 않고 설명한다. 참고로 이해하기 쉬운 안내문을 쓰기 위해 지나치게 많은 정보를 담기보다 적당한 양의 정보를 담아야 한다는 원칙에 따라 문헌상의 기록을 언급하지 않을 수도 있고, 두 번째 문단에 문헌상의 기록을 언급함으로써 내용을 보완할 수도 있다. 이런 점을 고려하여 두 가지 방식으로 다듬을 수 있다.

④ 나열의 원칙

여러 가지 항목을 나열하거나 열거할 때 주의할 점이 있다. 일정한 기준 없이 그냥 죽 늘어놓기만 하면 안 된다.

예를 들어 '댜오위댜오(센카쿠 열도)'와 '센카쿠 열도(댜오위댜오)'는 말의 차례만 바꾸었을 뿐인데 의미의 파장은 너무 다르다. 이는 어순을 인간의 심리와 연결하여 설명할 때 쓰는 '나 먼저 원리'라는 심리학 용어와도 관련이 있다. 즉 나에게 의미 있는 것을 먼저 말하게 된다는 것이다. 연대생에게 '연고전'이 고대생에게 '고연전'이 되는 원리와 같다.

📋 고대 사회에서 난방과 취사는 부엌의 중요한 역할입니다.

🖊 고대 사회에서 밥을 짓는 일과 집을 덥히는 일은 부엌의 중요한 역할입니다.

📋 당시 사람들은 쌀, 콩, 밀, 보리 등 곡물과 살구, 배, 밤과 같은 다양한 과일도 먹은 것으로 보입니다.

🖊 아마도 그 시대의 호남 사람들은 쌀, 보리 등의 곡물과 사

과, 배 등의 과일을 먹었을 것입니다.

인터넷에서 '부엌'을 검색하면 '취사'와 '난방'도 함께 검색된다. 그런데 두 말의 차례는 마치 누가 정해놓은 것처럼 '취사'가 앞에 오고 '난방'이 뒤에 온다. 이 순서가 바뀌어 표기된 예를 좀처럼 찾아보기 어렵다. 이는 많은 사람이 부엌을 '취사'의 공간으로 인식하고 있음을 의미한다. '난방'은 부수적인 기능이다. 따라서 글을 쓸 때에도 특별한 의도가 없는 한 '난방과 취사'라고 하기보다 '취사와 난방'이라고 하는 것이 자연스럽다. 아울러 '취사'를 '밥을 짓는 일'로 쉽게 풀어서 쓰고자 한다면 '난방'도 '방을 덥히는 일'로 쉽게 풀어야 한다.

또 다른 예로 "쌀, 콩, 밀, 보리" 같은 곡물을 나열하거나 "살구, 배, 밤" 같은 과일을 나열할 때도 눈에 보이지 않는 일정한 원칙을 따라야 한다. 최소한 가나다 순서를 따르든, 안내문을 읽는 사람에게 친숙한 순서를 따르는 것이 무난하다. 그렇지 않다면 안내문을 쓰는 사람의 무의식적인 기호를 표현한 것이나 특별한 의미를 두지 않고 그냥 쓴 것으로밖에 볼 수 없다.

이 안내문에서 곡물 중에 '쌀'이 가장 먼저 등장한 것을 보면, 곡물의 나열은 '친숙함'의 순서를 따른 것으로 보인다. 그런데 '콩, 밀, 보리'의 순서와 그 많은 곡물 중에 굳이 '콩'과 '밀'을 언급한 이유는 알 수 없다. 과일도 마찬가지다. 수많은 과일 중에 굳이 '살구'를 가장 먼저 언급한 이유를 모르겠다. 참고로 이 글의 도입부에 인류의 먹거리는 과거와 현재가 크게 다르지 않다고 언급했으므로 친숙함의 순서를 따르되 특별한 의미가 없는 한, 굳이 많은 과일의 이름을 나열하지 않는 것이 좋다.

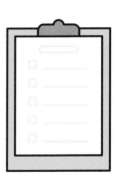

⑤ 일치의 원칙

영어에서는 둘 이상의 문장 성분이 접속사 등에 의해 연결될 때, 앞뒤 표현의 수(단수와 복수)와 태(능동태와 수동태), 시제(과거형·현재형·미래형) 등을 일치시켜야 한다. 이를 병렬 구조라고 한다.

이러한 병렬 구조를 '일치의 원칙'이라고 할 수 있는데, 이는 우리말에도 적용할 수 있다. '부자와 가난한 사람'보다 '부자와 거지'가 훨씬 더 자연스럽기 때문이다.

📋 이중 청동검은 칼날이 곡선인 비파 모양과 직선 형태의 한국식 청동검이 두 종류가 있습니다.

✏️ 이 가운데 청동검은 칼날이 곡선인 비파형 동검과 직선인 세형 동검 두 종류가 있습니다. 흔히 세형 동검은 한국식 동검이라고도 합니다.

📋 우리나라는 기원을 전후하여 북쪽은 고구려가 국가 단계로 발전하고 있었고, 남쪽 지역은 삼한三韓, 즉 마한馬韓, 진한辰韓, 변한弁韓이 성립되어 고대 국가로 성장하는 출발점이 되었

습니다.

✍️ 우리나라는 기원을 전후하여 북쪽 지역에서는 고구려가
국가 단계로 발전하고 있었고, 남쪽 지역에서는 삼한[10]이 고대
국가 단계로 발돋움하고 있었습니다.

다른 것과 비교하거나 기준으로 삼는 대상임을 나타내는 격
조사 '와/과'는 일치의 원칙에 따라 앞뒤의 표현을 비슷하게 해
야 한다. 따라서 "칼날이 곡선인 비파 모양"이라는 표현과 "(칼날
이) 직선 형태의 한국식 청동검"이라는 표현은 일치의 노력이 부
족하여 이해하기 어렵다. 안내문을 읽는 사람에게 조금이라도
배경지식이 있다면 모를까, 아무런 배경지식이 없다면 이 문장
은 번역이 필요한 외국말처럼 느껴질 수도 있을 것이다.

둘 이상의 대상을 같은 자격으로 이어주는 접속조사 '고'도
일치의 원칙에 따라 앞뒤의 표현을 비슷하게 해야 한다. 따라
서 "북쪽은 고구려가 국가 단계로 발전하고 있었다"라는 표현과
"남쪽 지역은 삼한, 즉 마한, 진한, 변한이 성립되어 고대 국가로
성장하는 출발점이 되었다"라는 표현은 일치의 노력이 부족하
여 이해하기 어렵다. 아울러 삼한에 대한 부연을 각주로 처리하
면 안내문의 본문을 간결하게 만들 수 있다는 장점이 있다. 굳이
주석이 필요하지 않은 사람은 그냥 지나치도록 만드는 것이다.

---

10) 삼국시대 이전에 우리나라 중남부에 있었던 마한, 진한, 변한을 아울러 이르
는 말.

⑥ 배려의 원칙

박물관 안내문은 쉽게 써야 한다. 이 말에는 두 가지 뜻이 담겨 있다. 쉽게 읽을 수 있도록 써야 하고, 쉽게 이해할 수 있도록 써야 한다. 우선 박물관 안내문을 쉽게 읽을 수 있도록 하기 위해서는 글자의 크기며 문장이나 문단의 길이, 정보의 양 등을 두루 살펴야 한다. 너무 적지 않게, 너무 길지 않게, 너무 많지 않게 쓰는 것이 요령이지만 정답이 될 수는 없다.

그다음으로 박물관 안내문을 쉽게 이해할 수 있도록 하기 위해서는 말부터 살펴야 한다. 가급적 전문 용어를 사용하지 않기, 전문 용어를 사용한다면 뜻을 풀이하는 말을 함께 쓰기, 이해하기 어려운 말은 이해하기 쉬운 말로 바꾸어 쓰기가 요령이자 정답이다. "얼마나 쉽게 쓰라는 말이냐?"라고 반문할 수도 있지만, 안내문을 읽을 사람에게 눈높이를 맞추지 않으면 박물관에서 아무것도 보지 못하고 돌아가는 방문객이 생길 수도 있다. 따라서 박물관 안내문에는 배려와 공감이 필요하다.

📄 식생활은 인류 생존의 가장 기초적인 활동입니다.

192

✏️ 먹는 일은 사람이 살아 있거나 살아남는 데 가장 기초가
되는 활동입니다.

📃 익산 여방리에서는 작고 소박한 부뚜막 명기明器가 출토
되었습니다.

✏️ (제1안) 익산 여방리에서는 작고 소박한 '부뚜막 명기'가 나
왔습니다. 부뚜막 명기란 장사 지낼 때 시체와 함께 묻으려고
만든, 부뚜막 모양의 그릇을 일컫는 말입니다.

✏️ (제2안) 익산 여방리에서는 작고 소박한 '부뚜막 명기'¹¹⁾가
나왔습니다.

사실 '생존'은 그다지 어려운 말이 아니다. 그대로 써도 된다.
그런데 '생존'을 '살아 있거나 살아남다'로 바꾸면 훨씬 이해하기
쉽다. 특히 어린아이의 눈높이에서 그렇다. 그래서 '식생활'도 바
꾸고 '인류'도 바꾸어보았다. 확실히 더 쉽게 느껴진다. 그렇지
만 꼭 이렇게 써야 한다는 말은 아니다. 문장의 길이가 길어지는
만큼 긴장감이 떨어질 수도 있기 때문에 박물관 안내문을 쓰는
사람이 선택하면 된다. 배려는 마음이 중요하며, 배려가 지나치
면 오히려 상대가 불편하게 느낄 수도 있는 것과 같은 이치다.
'명기'와 같은 전문 용어를 쓸 때는 주의가 필요하다. 말 그대
로 특정한 분야에서만 쓰는 언어이므로 일반인은 모를 수 있기

---

11) 장사 지낼 때 시체와 함께 묻으려고 만든, 부뚜막 모양의 그릇[竈形明器].

때문이다. 실제로 사전에서 '명기'를 검색하면 모두 11가지 뜻풀이가 나오는데, 이 말 즉 '명기'는 자신에게 친숙한 뜻으로 해석될 가능성이 높다. 그래서 한자를 함께 적은 모양이다. 그런데 한자를 함께 적었다고 해도 명기(名妓)와 명기(明器)의 차이를 이해할 수 있는 사람이 몇이나 될까? 이런 경우에는 전문 용어를 쓰되, 한자보다 뜻풀이 주석을 달면 된다. 주석이 많지 않을 때는 제1안처럼 본문 속에 풀어 써도 되는데, 주석이 많다면 제2안처럼 각주로 처리하는 것이 효과적이다.

⑦ 그 밖의 원칙들

대체로 글을 쓰는 일에 익숙하지 않은 사람들은 특히 첫 문장에 많은 내용을 담으려고 한다. 부담이 클수록 그렇다. 물론 첫 문장에서만 그런 것은 아니다. 그래서 자연스럽게 중복되는 말이 생긴다. 학생이나 일반인을 대상으로 글쓰기를 가르칠 때, 만연체를 피하고 간결체를 쓰도록 하는 것도 이러한 이유 때문이다. 한 개의 문장을 두 개의 문장으로 분리한다는 점에서 이를 **분리의 원칙**이라고 할 수 있다. 실례로 다음 안내문에는 '사원'이라는 말이 두 번 등장하므로 분리의 원칙에 따라 문장을 나눈 다음, 뒤에 오는 '사원'을 생략하였다.

> 📋 신라 최고·최대 사원으로 신라 삼보三寶 가운데 두 가지(장육존상, 구층목탑)를 보유한 사원이다.
>
> ✍️ 황룡사는 신라에서 가장 크고, 가장 중요한 절이다. 이곳에는 신라의 세 가지 보물 중 두 가지, 즉 장육존상[12]과 구층목탑이 있다.

이 안내문의 문제점은 이것이 전부가 아니다. 주어가 보이지 않는다. 이는 박물관 안내문이 문화재 안내문과 마찬가지로 첫 문장에서 제목을 주어로 삼아 주어를 생략하는 관례를 따르기 때문에 생긴 일이다. 그런데 모든 안내문이 이러한 관례를 따르는 것도 아니고, 이런 식으로 안내문을 써야 할 이유도 없으므로 주어를 생략하는 것은 바람직하지 않다. 아울러 안내문의 첫 문장에서 제목의 말뜻이나 유래, 가치 등을 설명하는 것은 너무나 갑작스럽다. 그보다는 대상에 대한 정의가 필요하다. 그것이 무엇인지 먼저 소개하고 난 다음에 말뜻을 풀이하든지 유래나 가치를 설명하는 것이 자연스럽다. 이러한 설명 방식을 '지정'이라고 하므로 이는 **지정의 원칙**이라고 할 수 있다.

끝으로 '최고'와 같은 낱말은 그것이 '최고(最古)'일 수도 있고, '최고(最高)'일 수도 있으므로 쉽게 풀어서 '가장 크고'와 같이 쓰는 것이 좋다. 이는 **상술의 원칙**이라고 할 수 있다.

점차 유교와 불교를 받아들임으로써 왕권 강화의 기반으로 삼았다.

점차 유교와 불교를 받아들여 왕권을 강화하는 토대로 삼았다.

그런가 하면 언제부터인가 동사를 동명사처럼 쓰는 일이 빈

---

12) 키가 1장 6척인 존귀한 상을 뜻하는 말.

번해졌다. '사랑하다'라고 하면 될 것을 '사랑을 하다'라고 하는 식이다. 명사 '강화'도 동사 '강화하다'로 바꾸어 쓰면 이해하기 쉬워진다. 이러한 원칙은 미국 연방정부 공무원들이 정한 쉬운 글쓰기 원칙에도 나오는데, 이른바 **숨은동사찾기 원칙**이라고 할 수 있다.

⑧ 짧고 쉽고 정확하게 1
_쓰는 자의 원칙

국립박물관에서 근무하는 학예연구사들에게 물었다.

박물관에서 글쓰기를 할 때 중요하게 생각하는 점은 무엇
인가요?

김○○ 학예연구사: 소장품에 대한 비교적 전문적인 내용을
다루다 보니 **쉽게** 전달이 될 수 있도록 노력하고 있다.

정○○ 학예연구사: **예전에는 정보 전달**에 중점을 두었다. 최근
중학생 감수를 거치면서 어려운 외국 인명이나 지명, 전
문 용어가 생각보다 관람에 도움이 되지 않을 수 있다는
생각에 **쉽게 쓰려고** 한다.

조○○ 학예연구사: **쉽고 재밌는 글**이다.

노○○ 학예연구사: 짧은 글 안에 **핵심 정보**가 모두 들어가게
한다. 이와 동시에 호기심 유발용 문장도 1개씩 넣으려

고 한다.

최□□ 학예연구사: 학술적 단어나 표현을 가급적 비전공 일반인 입장에서 **쉽게** 다시 쓰려고 한다.

김△△ 학예연구사: **필요한** 모든 **정보**를 다 담았는지 본다.

윤○○ 학예연구사: **쉬우면서도 정확하게 정보를 전달**하는 것. 학예직의 영원한 숙제인 것 같다.

권○○ 학예연구사: 글의 내용과 문법에 오류가 없는지 살펴본다.

고○○ 학예연구사: **정확한 내용을 바탕으로 쉬운 글쓰기**를 하려 한다.

강○○ 학예연구사: 관람객이 짧은 시간에 읽어야 하기 때문에 **쉽게 단문**으로 쓴다.

강△△ 학예연구사: 전달한 내용의 **핵심 잃지 않기, 흥미로운 글 전개, 부드럽고 쉬운 문체**다.

김□□ 학예연구사: **정확한 정보를 쉽게 전달**하는 것이다.

이○○ 학예연구사: **짧고! 알기 쉽고! 정확하게!!**

노□□ 학예연구사: **흥미로우면서도 쉽게 잘 읽을 수 있도록** 구성한다.

김△△ 학예연구사: 관람객에게 **쉽게 전달**될 수 있는 글이다.

어쩜 이리도 같을까? 학예연구사들은 나이도 성별도 전공도 다르지만 전시글을 쓸 때 고민하는 지점은 모두가 똑같다. 딱 두 가지다.

- 쓰는 내용: 핵심적이고 정확한 정보
- 쓰는 방법: 부드럽고 쉬운 표현

어떻게 하면 내가 얘기해주고 싶은 이 문화재의 중요한 정보들이 좀 더 쉽고 재미있게 전달될 수 있을지 말이다. 하! 참으로 간단하게 두 줄로 요약되는 원칙인데 구현해내기가 왜 이리 어려운지. 변명처럼 들릴 수 있겠지만 쓰는 자의 입장에서 이를 방해하는 요소들 몇 가지를 열거해보면 이렇다.

- 핵심적이고 정확한 정보
- 설명할 수 있는 분량이 한정되어 있다.
- 반면 문화재의 중요한 점은 너무 많다.
- 분야와 시각에 따라 학설이 매우 다양하다.

- 부드럽고 쉬운 표현
- 명칭이나 이를 연구한 핵심 정보의 단어 자체가 한자식 표현이다.
- 학예직은 논문 및 연구서 위주의 작성법에 익숙하다.
- 부드럽고 쉬운 표현의 기준 및 정도를 파악하기 어렵다.

이러한 이유들은 혹시 나만의 생각일까?
또다시 국립박물관에서 근무하는 학예연구사들에게 물어보았다.

박물관 글쓰기를 할 때 가장 어려운 점 또는 궁금한 점은 무엇인가요?

김○○ 학예연구사: 내가 작성한 글을 **관람객들이 얼마나 이해하였는지 궁금**하다.

최○○ 학예연구사: 문화재에 대한 글은 단어 자체나 내용이 기본적으로 어려운 데 **일반 대중을 위해 풀어 쓰는 것이 어렵다.**

정○○ 학예연구사: 내가 쓴 글에 대한 **관람객의 의견을 들을 기회가 없다는 것**. 내가 쓴 전시 설명문을 의도한 대로 다 이해한 것인지 궁금하다.

조○○ 학예연구사: 글의 적정한 수준을 잡는 것이 가장 어렵다.

노○○ 학예연구사: 전공 용어를 **일반인들이 쉽게 이해할 수 있도록 순화하는 작업**이 가장 어렵다.

최□□ 학예연구사: 쉽게 쓰려면 문장이 길어지고 정보량은 적어진다. 대중성과 전문성의 균형을 맞추는 것이 가장 어렵다.

윤○○ 학예연구사: 학술성과 대중성의 적절한 조화다.

고○○ 학예연구사: 중학생도 이해하기 **쉽게 작성**하는 것이 어렵다.

강○○ 학예연구사: 학술적인 내용에서 **대중적인 흥미**를 끌어내는 것이 가장 어렵다.

강△△ 학예연구사: 어려운 글을 **쉽게 풀어 쓰는 것**이다.

김□□ 학예연구사: 어떻게 하면 흥미를 이끌면서 재밌게 글을 쓸 수 있을까가 가장 고민된다.

이○○ 학예연구사: **'쉽고 정확하게'의 범위를 규정하는 것이 어렵다.** 내가 알고 있는 일상적인 표현이 다른 사람에게도 일상적인 것일까.

노□□ 학예연구사: 타깃 연령층의 설정과 그에 따른 단어 및 문장 수준을 정하는 것이다.

김△△ 학예연구사: 내가 작성한 글을 관람객들이 과연 얼마나 이해했을까? 흥미롭게 읽었을까? 매우 궁금한 부분이다.

이처럼 박물관 학예연구사들이 글을 쓸 때 가장 중점을 두는 부분이자 가장 어려워하는 부분이 **핵심이 되는 정확한 정보를 짧은 글 안에 쉽고 재밌게 전달하기**다. 그리고 또 많이들 궁금해한다. 내 글을 읽은 관람객들이 나의 의도대로 얼마나 이해하고 있는지에 대해서 말이다.

앞에서 살펴봤듯이 '박물관 글'은 그리 단순하지 않다. 전시실 내외부에 붙는 설명문, 전시품 앞에 놓이는 설명 카드, 영상 속 자막, 전시실 전체에 대해 설명해주는 리플릿, 도록의 설명문, 소리로 들려주는 오디오 가이드 등 모든 종류의 글을 같은 톤으로 쓸 수 없다. 목적이 다르고 분량도 다르다. 꼬마 손님이

건 공부하는 연구자건 공공 시설이다 보니 누구나 들어와서 볼 수 있기 때문에 정보와 표현 등을 어느 수준에 맞춰야 할지 늘 고민이 된다. 국립이기 때문에 내용에 대한 책임감은 두 배가 된다. 게다가 이제는 쉽고 재미있게 써야 한다니!!

하지만 모든 이를 대상으로 하는 공공 언어가 읽기 쉬워야 한다는 점에는 모두 공감할 것이다. 박물관도 예외일 수 없다. 더 이상 어렵다는 변명과 넋두리에 갇혀 미룰 순 없다. 국어문화원연합회와 함께 작업하면서 박물관에서는 그 이전보다 더 쉽게 글을 풀어 쓰려고 노력하고 있다. 하지만 아직까지 포기할 수 없는 것도 있다. 예를 들어 반가사유상처럼 보편적으로 사용되는 명칭이 있을 경우, 한자어 표현이어도 그대로 사용하고 있다. 또한 한국 사람들에게 익숙지 않은 지명이나 인명이 나올 경우, 보다 정확한 정보를 주고자 한자와 영문을 함께 표기하는 것이 그런 경우라 할 수 있다. 국어문화원연합회에서는 한자와 영문 병기를 지양한다. 이러한 정보들이 글을 이해하는 데 크게 도움이 되지 않는다고 보기 때문이다. 그러나 박물관에는 어린이부터 문화재에 대해 더 깊이 알고 싶어 하는 사람들까지 각양각색의 관람객들로 넘쳐난다. 중학생 수준 이상으로 좀 더 정보를 얻고자 하는 사람들까지 함께 생각하는 것은 무리일까?

국립박물관의 글은 공공 언어이자 우리 문화재를 설명하는 글이기에 어떠한 표현이 가장 적정한 것인지 여전히 논의해 나가야 할 부분이 많다. 중요한 것은 이러한 논의에 대해 많은 학예연구사들이 공감하고 있고, 노력할 준비가 되어 있다는 것이다.

　여기까지가 쓰는 자의 입장에서의 넋두리였다면, 이제는 보는 자의 입장에서 얘기를 들어보자.

　박물관 사람들이 놓치고 있는 점은 무엇인가? 생각의 전환이 필요한 부분은 무엇일까?

9 짧고 쉽고 정확하게 2
_보는 자의 원칙

나는 암기에 소질이 없다. 학창 시절에도 역사 과목은 의미 없는 연도와 이름을 달달 외워야 하는 재미없는 과목이었고, 역사 시간의 최대 고민거리는 '어떻게 하면 선생님께 안 들키고 잘 수 있을까?'였다. 그래서인지 박물관에서 쉬운 안내문 만들기 사업을 함께하자는 제안을 해왔을 때 덜컥 겁부터 났다.

'박물관이라니…… 나 역사 하나도 모르는데?'

과연 내가 이 일을 할 수 있을까, 내 무식이 탄로 나면 어떡하나 걱정에 걱정을 거듭했다.

그렇게 홀로 괴로워하다 문득 이런 생각이 들기 시작했다.

'역사 공부를 열심히 했던 사람도 어른이 되면 다 까먹지 않을까? 그래, 그럴 거야. 나만 이렇게 모르는 건 아닐 거야.'

'근데, 나같이 아무것도 모르는 사람도 이해할 수 있어야 쉬운 안내문 아닌가?'

생각이 여기에 미치자 갑자기 마치 내가 이 일의 적격자인 것만 같았다. 그렇게 자신감을 조금 되찾고 박물관과 함께 쉬운 안내문을 만드는 일에 참여하게 되었다.

그래, 해보자.

그러고 보니 몇 해 전 큰맘 먹고 국립중앙박물관을 찾은 적이 있었다. 이전에도 몇 번 가본 적 있지만 규모가 너무 커서 몇 군데만 훑어보고 만 것이 못내 아쉬웠기 때문이다. 이번에는 구석기시대부터 찬찬하게 꼼꼼히 둘러봐야지. 며칠이 걸릴까? 한 5일이면 되려나? 그렇게 홀로 찾은 박물관. 박물관에 혼자 간다는 건 아무런 방해도 받지 않고 오직 유물에만 집중하겠다는 결연한 의지다. 시대순으로 공부해야 하니, 첫 번째로 관람할 곳은 당연히 '선사·고대관'이다.

유물들을 보니, 내 눈에는 그냥 돌 같은데 '이게 도구라니? 전문가들 눈에는 이런 게 다 보이는구나' 싶어 신기하고 흥미로웠다. 그런데 하나하나 들여다보며 안내문을 읽어 나가다 보니 슬슬 지루해지기 시작했다. 시간이 지날수록 다 그 돌이 그 돌 같고, 그 그릇이 그 그릇 같고……. 게다가 안내문은 딱딱하고 어려워서 쉽게 읽히지 않았다. 어떤 건 두세 번 읽어야 겨우 이해가 되기도 했다. 이내 집중력이 떨어지면서 점점 다리가 아파 왔다. 그리고 어느샌가 안내문은 읽지 않고 유물을 쓱쓱 지나치며 앉을 곳을 찾고 있는 나와 마주했다. 그렇게 나는 호기롭게 시작했던 박물관 관람을 하루 만에 포기했고, 다시는 박물관을 찬찬히 둘러볼 엄두를 내지 못했다. 내게 박물관은 큰맘을 먹고 공부하겠다는 의지를 다져도 끝까지 읽어내기 어려운, 두껍고 전문적인 책 같은 느낌이었다.

박물관 안내문,
왜 어려울까?

문화재 안내문이 어렵다는 이야기는 이전에도 여러 차례 지적된 적이 있다. 왜 사람들은 박물관 안내문을 어려워할까? 물론 문장이 길고 복잡하다는 점이 그 이유이긴 하지만 이는 국어 전문가의 손길로 다듬으면 어느 정도 해결할 수 있다. 이보다 큰 문제는 전문가와 일반인의 전문성 차이에서 생기는 문제들이다. 역사 지식이 없는 일반인 입장에서 박물관 안내문이 어려운 이유로 아래 두 가지를 꼽을 수 있다.

① 전문가와 일반인의 정보 깊이가 다르다

첫째, 박물관 전문가가 알려주고 싶어 하는 정보와 일반인이 궁금해하는 정보의 깊이가 다르기 때문이다. 전문가에게는 중요한 정보가 관람객에게는 중요하지 않거나, 너무 전문적인 정보를 전달하려다 정작 관람객이 궁금해하는 정보는 주지 못하는 경우가 종종 있다. 단어 옆에 한자 표기를 붙이는 것도 이러한 경우로 볼 수 있다. 박물관에서는 정보 제공 차원에서 한자를 표기해왔고 지금도 안내문 곳곳에 한자가 쓰여 있다. 그런데 최근의 젊은 세대는 대부분 한자를 배우지 않았고, 앞으로 한자에 익숙하거나 한자를 보고 내용 이해에 도움을 받는 관람객은 점점 줄어들 것이다.

이쯤에서 우리는 이 점을 고민해야 한다. '정말 한자가 정보

제공에 도움을 주는가?'

아래는 청화백자를 설명한 안내문의 일부다.

> 🔳 우리나라는 조선 초기에 중국에서 수입한 회회청回回靑
> [코발트(Co)에 비소(As) 함유]을 사용하였는데, 이후 안료 수급이
> 어려워져 국내산 토청土靑[철분(Fe)과 망간(Mn) 함유]을 채취하여
> 청화백자를 만들었다.

맥락상 청화백자의 푸른색을 내는 칠 재료가 바뀌었다는 내
용이다. '회회청', '토청'도 낯선데 코발트, 비소, 철분, 망간 등 화
학 지식까지 동원해야 할 판이다. 각각의 칠 재료 성분이 어떻게
다른지는 전문가의 시선에서는 의미 있는 정보일 수 있지만 이
는 관람객이 이해하기에는 너무 복잡하고 전문적이다. 한자 표
기도 회회청이나 토청을 더 잘 이해하는 데 도움이 되지 않는
다. 백번 양보해서 흙 토(土)를 아는 관람객에게는 '토청'이 흙에
서 온 재료라는 정보를 전달할 수 있다고 하더라도, 어떻게 흙
이 푸른색 칠 재료가 될 수 있다는 것인지 알쏭달쏭하기는 마
찬가지다. 그러므로 '토청'에 대한 자세한 정보는 한자 표기가 아
닌 추가 설명으로 제공하는 것이 좋겠다. 결론적으로 위 문장은
다음처럼만 써도 충분해 보인다.

> ✏️ 우리나라는 조선 초기에는 중국에서 수입한 '회회청'을 썼
> 는데, 이후에는 수입이 어려워져 국내산 '토청'으로 청화백자를

만들었다.

아래는 선조들이 마셨던 차에 대해 인용한 안내문 중 일부다.

📄 송대의 왕관국王觀國(~12세기)은『학림學林』에서, "차 중의 상등품은 모두 점다로 마신다. 보통의 차는 모두 달여 마신다 茶之佳品, 皆點啜之 ; 其煎啜之者皆常品也"라고 하였습니다.

관람객은 '왕관국'이라는 사람이 누구인지, '학림'이 뭔지, '점다'가 뭔지 모른다. 온통 모르는 정보투성이인데 한자 원문까지 표기되어 있어 가독성도 떨어지고 한눈에 보기에도 어렵게 느껴진다. 위 안내문에서 중요한 정보를 추려 보면, 고급 차는 우려 마시고 보통 차는 달여 마신다는 내용이다. 그러므로 이 글은 아래와 같이 다듬어 쓰면 좋겠다.

✏️ 송나라 때 사람인 왕관국王觀國은 "차 중에서 고급 차는 모두 우려 마시고, 보통의 차는 모두 달여 마신다"라고 했습니다.

② 전문 용어의 눈높이

박물관 안내문이 어려운 두 번째 이유는, 전문가가 익숙하게 사용하는 용어가 일반인에게는 낯선 경우가 많기 때문이다. 전문가는 전문어를 늘 접하니 일반인에게 그 단어가 얼마나 생소한지 가늠하기 어렵다. 그래서 전문가의 눈높이에서 어려운 개념이 고스란히 들어간 안내문을 쓰게 되고, 이런 안내문을 관람객은 어렵다고 느낀다. 박물관 안내문이 쉽게 잘 쓰였는지를 확인할 때 반드시 배경지식이 없는 사람에게 읽혀봐야 하는 건 바로 이런 이유 때문이다.

아래는 차의 종류와 차를 마시는 방법을 설명한 부분이다.

> 📋 병차는 편차片茶, 단차團茶라고도 하며, 초차는 엽차葉茶 혹은 산차散茶라고도 하였습니다. 송대에는 주로 단차를 가루로 만든 뒤 다완에 넣고 뜨거운 물을 붓고, 다선을 휘저어 거품을 내어 마시는 점다點茶 방식으로 즐겼습니다.

여기에서 알려주고자 하는 것은 '병차'와 '초차'다. 둘 다 그 자체로도 낯선 용어인데 첫 번째 문장에서 비슷한 용어들까지 쓰여 글이 어려워졌다. 게다가 '병차'와 '단차'를 섞어 써서 더 헷갈린다. 관람객이 중요한 정보에 집중할 수 있도록 첫 번째 문장은 빼고 용어도 한 가지로 쓰는 것이 좋겠다. 그리고 두 번째 문장에 차를 만드는 방식이나 도구 이름 등 전문 용어가 너무 많아 여러 번 읽어도 내용을 이해하기 어렵다. 그러므로 '병차'와

'초차'에만 좀 더 집중하되 용어도 최대한 풀어 친절하게 설명할 필요가 있다. 위 안내문을 아래와 같이 고치면 훨씬 이해하기가 쉬워진다.

> ✎ 송나라 때에는 주로 병차를 가루로 만들어 찻잔에 넣고 뜨거운 물을 부은 다음, 젓개로 휘저어 거품을 내어 차를 즐겼습니다.

⑩ 내 글은 괜찮은 글일까
_박물관 글쓰기 자가 진단 항목

박물관에서 전시물을 보는 관람객은 유물을 설명하는 글을 보면서 비로소 그 역사와 가치를 알게 된다. 하나의 유물을 볼 때 어떤 모습의 글을 만나면 몰랐던 것을 알아가는 뿌듯함을 더 많이 느끼게 될까? 이 질문에 대한 답이 곧 괜찮은 박물관 글쓰기 방법이 될 것이다.

그런데 그 답은 한 가지로만 정해져 있는 것이 아니다. 중요한 점은 박물관에서 우리가 읽게 되는 수많은 글이 모두 친근하게 다가오는 통일성을 띠고 있다면, 유물마다 내용들은 각기 달라도 그 글을 더 낯설지 않게 접할 수 있을 것이다. 여기서는 유물을 소개하는 글을 중심으로 자가 진단 항목을 살펴보기로 한다.

유물 안내 글 시작 방식에 통일성이 있다면, 글이 더 쉽게 눈에 들어올 수 있다. 첫 문장은 범주 정보를 알리는 적절한 형식으로 기술해보자.

현재 우리가 선호하는 유물 안내 첫 문장은 "○○○는 ○○○○이다"라는 형식인데, 앞의 주어는 '이 비는, 이 자기는, 이 그림은'과 같이 유물의 일반적 사물 범주 명칭으로 시작하는 것이 좋다. 그리고 이 주어가 무엇인지를 기술하는 내용을 술부에서 표현한다.

> 📑 이 탑비는 신라말의 고승 원랑선사(816~833)의 일생을 기록하고 있다.
>
> ✏️ 이 비는 신라말의 고승 원랑선사(816~833)의 업적을 기록한 '탑비'다. '탑비'는 승려의 사리를 돌탑에 넣은 조형물이다.

수정 전 문장이 첫 문장이라면, 관람객은 당장 "탑비가 뭐지?"라는 의문을 가지고 첫 단어부터 어렵게 느낄 수 있다. 따라서 그다음 내용이 눈에 잘 들어오지 않게 된다. '탑비'는 '비'라는 일반 범주의 하위 이름이므로 일반적 사물 범주 명칭으로 시작하는 방식을 사용해보자.

수정 문장은 '이 비는 탑비이고, 탑비란 어떤 것이다'라는 순서로 기술한 것이다. '탑비'라는 단어가 일반적이지 않으므로 '비'라는 표현을 주어로 하고, 그 비를 설명하는 서술부에 탑비가 무엇인지를 소개하면서 '탑비'라는 표현으로 마무리를 하면, 관람객은 이 유물에 관해 차근차근 이해할 수 있게 된다.

또는 첫 문장에 들어갈 만한 내용을 부제목으로 붙일 수도 있다. 예를 들면 다음과 같다.

• 척화비 ⇒ 서양 세력의 침략을 경계하는 비석
• 운현궁 화포 ⇒ 운현궁에서 만든 서구식 화포

이처럼 유물 이름 아래 부제목식으로 그 유물을 기술하면, 이것 역시 안내문의 첫 문장과 같은 역할을 할 수 있다.

이상과 같이 유물을 설명하는 안내 글의 첫 문장은 그 유물의 범주적 구분을 기술함으로써 대강의 정체를 드러내는 역할을 하면 좋을 것이다.

관람객은 유물을 보면서 무엇을 궁금해할까. 관람객 입장에 서서 생각하면 안내 글에서 다룰 적절한 내용이 무엇인지 생각해 볼 수 있을 텐데, 그러한 내용을 담아야 한다. 예를 들어보자.

앙부일구 ⇒ 백성이 함께 사용하는 해시계

1434년(세종 16) 10월, 해시계 앙부일구를 백성이 많이 다니는 한양 종로의 혜정교(현 광화문 우체국 부근)와 종묘의 남쪽 거리에 설치하여 누구나 시간과 계절을 알 수 있도록 했습니다. 오목한 솥이 하늘을 쳐다보고 있는 형상을 하고 있어서 앙부일구라고 합니다. 솥 안에 있는 뾰족한 영침의 그림자가 해가 떠서 질 때까지 원 내부의 가로선과 세로선에 놓이게 되는데 이 위치로 절기와 시간을 알 수 있습니다. 원 내부 가로선은 24절기, 세로선은 시간을 표시한 것입니다.

위 설명에는 친절함이 느껴진다. 혜정교가 현재의 어디인지도 알려주고, 왜 앙부일구가 설치되었는지도 말해준다. 그런데 정작 앙부일구를 누가 만들었지에 대한 정보를 찾을 수 없다. 앙부일구는 과학 발명품이므로 누가 발명했는지가 매우 중요한 정보다. 오목한 솥이 하늘을 쳐다보고 있어서 앙부일구라고 설명한 것은 좋았는데, 둥근 모양은 지구를 본뜬 것이라는 내용이 함께 들어갔으면 더 좋은 설명이 되었을 것이다. 이 글에 쓰인 '영침'은 표준국어대사전에 나오지 않는 잘 안 쓰는 단어라서 이해하기 어렵다. "솥 안에 있는 뾰족한 막대의 그림자가"라고 표현해도 좋을 것이다.

주제가 다른 내용을 한 문장에 다 넣으려는 욕심을 부리지 않는 등 내용과 문장 분절이 잘 어울리는 적절한 구성 방식이 있다. 예를 들어보자.

> 📑 원랑선사가 입적하자 헌강왕은 대보선광이라는 탑 이름을 내리고, 김영에게 비문을 짓게 하였는데 글씨는 당나라 구양순의 해서체다.
>
> ✍️ 원랑선사가 입적하자 헌강왕은 대보선광이라는 탑 이름을 정하고 김영에게 비문을 짓게 하였다. 이 비문에 쓴 글씨는 당나라 구양순의 해서체다.

위 문장에는 헌강왕이 한 일과, 이 비석의 글씨체가 어떤 것이라는 정보가 들어 있다. 헌강왕이 탑 이름을 내리고 김영에게 비문을 짓게 한 일이 이 비석을 세우게 된 사연이며, 그때 사용한 글씨는 구양순의 해서체라는 것이다. 이 문장을 읽으면, '비문을 짓게 하였는데' 다음에 구양순이라는 이름이 나오는 것을 보고, 구양순이 또 뭘 했나 하는 오해를 하게 만든다. 이런 점을 고려하여 고쳐보면 어떨까.

글은 단어들이 모여 이루어지는 것인데, 그 단어 하나가 어려우면 문장 전체를 온전히 이해할 수 없다는 것을 명심하여 되도록 이해하기 쉽게 표현해야 한다. 예를 들어보자.

18~19세기 문화 특징을 반영하는 청화백자

청화백자는 청화 안료로 그림을 그려서 장식한 백자입니다. 시대에 따라 백자의 형태, 문양, 유색이 달라지는데 18세기와 19세기의 사회 변화가 청화백자에 반영되어 있습니다. 18세기에는 사군자나 산수 등 문인 취향의 화제를 담백하게 표현한 청화백자가 제작되었으나 19세기에는 청화백자 안료의 색이 짙어지고 문양이 화려해지며 종류가 다양해졌습니다. 이는 청나라에서 값싼 무명청이 안료를 대량으로 수입하여 청화백자 생산량을 늘릴 수 있었고, 화려한 청나라 자기의 영향으로 장식적인 문양을 선호하게 되었기 때문입니다. 또한 오래 살고 복을 누리고 싶은 마음을 표현한 문양의 청화백자와 동일한 문양을 반복적으로 표현하는 청화백자가 제작되었습니다. 사회적으로 경제력 있는 계층이 늘어나 청화백자에 대한 수요가 증가하면서 다양한 청화백자가 만들어질 수 있었습니다.

이 글에서 어려운 단어는 '청화 안료, 유색, 화제, 무명청이 안료'다. 이것을 '푸른 물감, 색, 소재, 물감'으로 바꾸어 쓰면, 뜻을 다 표현하면서 관람객이 이해할 수 있는 문장이 된다.

박물관의 유물들은 모두 역사적인 자료라 그 시대의 전문 용어와 관련이 될 수밖에 없다. 그러나 현대에 잘 안 쓰는 용어라면, 현대에서 쓰는 쉬운 용어로 고치거나 주석을 달아주어야 한다. 어려운 말을 그대로 쓰는 것은 박물관이 관람객들에게 각자 알아서 읽고 이해하라는 소리밖에 되지 않는다. 매우 무책임한 일이다.

이런 식으로 차근차근 유물을 소개하면 관람객이 유물의 일반적 사항을 먼저 확인한 다음에 조금 더 세부적 내용을 알게 된다. 따라서 자연스러운 사고의 흐름이 이어질 수 있을 것이다.

[박물관 글쓰기 자가 진단 항목]

스스로 확인해 봅시다

기획	1. 글을 읽는 사람이 누구인지 명확한가?	☐
	2. 글의 목적과 목표가 무엇인지 명확한가?	☐
	3. 글의 목적에 맞게 글의 성격과 방향을 설정했는가?	☐
	4. 주제를 적절하게 선정했는가?	☐
	5. 분량을 적절하게 설정했는가?	☐
글쓰기	1. 주제에 맞는 내용으로 썼는가?	☐
	2. 핵심 내용을 글 앞쪽에 배치했는가?	☐
	3. 내용은 정확하고 객관적인가?	☐
	4. 학계에서 널리 인정된 내용인가?	☐
	5. 검인정 교과서와 다른 내용은 없는가?	☐
	6. 국립중앙박물관의 시대 구분과 일치하는가?	☐
	7. 주어진 분량에 맞게 썼는가?	☐
	8. 한글맞춤법 등 어문규범에 맞게 바르게 표기했는가?	☐
	9. 일반적으로 널리 쓰이는 쉬운 단어를 사용했는가?	☐
	10. 주어, 목적어가 중복되거나 지나치게 긴 문장은 없는가?	☐
	11. 불필요한 피동·사동 표현이나 직역 투 표현은 없는가?	☐
	12. 흥미를 줄 수 있는 내용이 포함되어 있는가?	☐
	13. 사회적으로 민감하거나 (성)차별적 표현은 없는가?	☐
	14. 내·외부 전문가(전공자)에게 내용 감수를 받았는가?	☐
	15. 국어 전문가에게 표기·표현 감수를 받았는가?	☐

스스로 확인해 봅시다

편집 제작	1. 제목과 본문이 적절하게 배치되었는가?	☐
	2. 좌우 위아래가 균형 있게 배치되었는가?	☐
	3. 편집 과정에서 오탈자가 생기지는 않았는가?	☐
	4. 글자 크기는 적정한가?	☐
피드백	1. 고객의 소리, 국민신문고 등에 내용 관련 민원은 없는가?	☐
	2. 박물관 고객만족도 조사를 확인했는가?	☐
	3. 새로운 학술적 성과나 정보를 반영해야 할 필요는 없는가?	☐

⑪ 국립중앙박물관 고고학 관련 전시 원고 집필 원칙

1. 맞춤법 준수

- 현행 "한글맞춤법"[문화체육관광부 고시 제2017-12호 (2017.3.28.)]에 따름.
- 현행 "외래어표기법"[문화체육관광부 고시 제2017-14호 (2017.3.28.)]에 따름.

※ 국립국어원(https://www.korean.go.kr)의 '어문규범' 참조.

2. 내용의 정확성·객관성·간결성 및 최신 정보 반영

- 기본 자료 및 관련 자료를 이용하고, 최신 고고학 성과 및 정보 반영.
- 장황한 설명을 지양하고 객관적 사실을 기반으로 한 서술
- 주관적이고 번다한 수식어를 지양하는 평이하고 적확한 서술.

예) 최초 (×), 유일 (×), 정통 (×), 최대 (×), 최고 (×)

3. 한글 표기 및 알기 쉬운 서술

- 한글 표기가 원칙이며, 한자나 영문 등은 괄호 혹은 첨자 등을 사용하여 병기.
- 어려운 용어나 한자어는 반드시 풀이하여 서술.

4. 한국사라는 거시적 관점에서 서술

- 지역별 특수 상황은 한국사의 전체 틀 속에서 서술.

5. 한국사 교육 체계에 부합되는 서술

- 박물관별 상이한 서술로 인한 관람객 혼란을 최소화하기 위해 현행 검인정 국사교과서 및 『신편 한국사』(국사편찬위원회 편) 체계에 맞춰 서술.

6. 국립중앙박물관 시대 구분 및 서술 체계 준수

- 중박 선사·고대관을 기준으로 지역 상황에 맞게 전시 및 도록 구성.
- 기준: 구석기—신석기—청동기—고조선—부여·삼한—삼국(고구려, 백제, 가야, 신라)—남북국(통일신라, 발해).

7. 논란은 배제하고 널리 인정된 학설을 기준으로 서술

- 학계에서 첨예하게 대립되는 학설은 가급적 배제.
- 필요시 여러 견해가 있다는 사실 명시.

12 국립중앙박물관 고고학 관련 전시 내용 체계

오른쪽 표에 정리한
전시 내용 체계는 시대순으로 작성된
고고학의 사례를 제시한 것으로
전시의 성격이나 목적, 지역적 특징에
따라 변경될 수 있다.

시대 구분	주제	내용 체계
선사	구석기시대	– 인류의 진화와 도구의 발달 – 구석기인의 생활상(수렵, 채집, 이동 생활 등) – 뗀석기의 제작과 사용 – 지역별 유적 및 유물 현황 – 주변 지역과 교류 현황
	신석기시대	– 충적세 이후 환경 변화와 적응 – 신석기인의 생활상(수렵, 채집, 농경, 정착 생활 등) – 농경과 동물 사육화의 의미 – 토기 및 간석기의 사용과 의의 – 지역별 유적 및 유물 현황 – 주변 문화권과 교류 현황
	청동기시대	– 본격적인 벼농사의 시작과 사회적 변화 – 청동기인의 생활상(벼농사, 읍락 형성 등) – 다양한 민무늬토기의 사용과 의의 – 청동기 제작과 사용 및 의의 – 다양한 무덤 양식 – 우리나라 최초의 국가 고조선 성립 – 지역별 유적 및 유물 현황 – 주변 문화권과 교류 현황
고대	여러 나라의 성장	– 여러 정치체의 출현 – 철기 제작과 사용 및 사회 변화 – 새로운 토기 문화 – 무덤 양식의 변화 – 지역별 유적 및 유물 현황 – 대외 교류 현황
	삼국의 성립과 발전	– 중앙집권국가로 성장 – 국가별 정치, 경제, 문화 – 지역별 유적 및 유물 현황 – 대외 교류 현황
	남북국 시대의 전개	– 신라의 삼국통일과 발해 건국의 의의 – 남북국시대의 정치, 경제, 문화 – 후삼국으로 분열 – 지역별 유적 및 유물 현황 – 대외 교류 현황

① 국어사전 찾기

박물관 전시 안내문은 국민 누구나 접하는 글로서 한글 맞춤법에 맞게 써야 한다. 정확한 한글 표기법을 확인하려면 「한글 맞춤법」의 관련 규정을 참고한다. 「한글 맞춤법」 관련 사항은 국립국어원 누리집 – 한국어 어문 규범 게시판에 있는 규범 내용과 해설 부분을 참고한다. 그러나 「한글 맞춤법」의 규정은 대략적인 설명과 예시로 구성되어 있으므로 문제가 되는 단어의 정확한 표기를 확인하려면 반드시 사전을 참고해야 한다.

우리나라는 온라인 국어사전이 이용에 편리하도록 보기 쉽게 잘 구축되어 있다. 글을 쓰거나 감수할 때 주로 이용하는 사전은 '표준국어대사전'과 '우리말샘'이다.

'표준국어대사전'은 규범 위주의 보수적인 사전이고, '우리말샘'은 좀 더 개방적인 국민 참여형 사전이다

'국민 참여형 사전'이란 국민 누구나 새로운 단어를 등재하거나 뜻풀이를 할 수 있는 사전이라는 뜻이다. 그렇다고 아무나 무분별하게 쓴 내용이 그대로 사전에 오르지는 않는다. 국립국어원 전문가가 검토한 후 올리기 때문에 우리말샘에 실린 정보는 일단 믿어도 좋다. 하지만 소수의 연구원이 수많은 단어를 검토하기 때문에 드물게 오류가 있을 수는 있다. 이럴 때는 '의견 제시'를 눌러 수정 의견을 보내자.

표준국어대사전에는 42만여 개 표제어가 실려 있고, 우리말샘에는 113만여 개 표제어가 실려 있어 낯선 단어를 검색했을 때 우리말샘에서 찾게 될 확률이 높다.

〔우리말샘 바로 가기〕

 https://opendic.korean.go.kr/main

'*'는 여러 글자를, '?'는 한 글자를 나타낸다

단어 전체가 기억나지 않을 때 글자 대신 기호로 검색하는 방법이 있는데, 잘 이용하면 무척 유용하다. 그 방법은 사전 검색창에서 '*'이나 '?'를 함께 입력하는 것이다. '*'는 여러 글자를 나타내고, '?'는 한 글자를 나타낸다. 예를 들어 "아, 그게 무슨 '박물관'이었는데 앞말이 뭐였더라?" 또는 "박물관에는 어떤 종류가 있을까?" 궁금할 때, 사전 입력창에 '*박물관'을 입력하면 '박물관'으로 끝나는 모든 단어를 볼 수 있다. 그리고 '박물관'으로 시작하는 말은 '박물관*'을 입력하면 된다.

['*박물관' 검색 결과]

['박물관*' 검색 결과]

한편 물음표는 한 글자를 나타내므로 글자 수만큼 입력하면
된다. 앞말이 한 글자라면 '?박물관', 세 글자라면 '???박물관'으
로 검색하자.

['?박물관' 검색 결과]

['???박물관' 검색 결과]

이때 '^' 표시는 띄어 쓰는 게 원칙이고, 붙여 쓰는 게 허용된다는 뜻이다

다시 말해 '박물관^및^미술관^준학예연구사'는 '박물관 및 미술관 준학예연구사'로 띄어 써도 되고, '박물관및미술관준학예연구사'로 붙여 써도 된다. 그런데 일부만 띄운 '박물관및미술관준학예연구사'나 '박물관 및 미술관준학예연구사'는 안 된다. 그 이유는 띄어쓰기의 기본 원칙이 단어별로 띄는 것이기 때문이다. 특정 분야에서 전문 용어로 쓰이거나 고유명사로 쓰이는 경우에는 예외적으로 모두 붙여 쓸 수 있다. 기억하자. '^' 표시가 붙어 있는 말은 단어별로 띄어 쓰거나, 전부 붙여 쓸 수 있다.

한편 '–'는 항상 붙여 써야 한다

'박물-관'은 '박물'과 '관'이 합쳐진 말이라는 뜻으로, '–'는 두 단어의 경계 표시일 뿐이다. 마찬가지로 '박물관-식'도 항상 '박물관식'으로 붙여 써야 한다.

　부분 검색 기능을 활용하면 사전에 등재되지 않은 단어의 띄어쓰기를 참고할 때도 유용하다. 예를 들어 '감은사터'의 띄어쓰기가 헷갈리면 사전에서 '＊사터'를 검색해보자. 그러면 '미륵사^터'가 등재된 것을 확인할 수 있고, 이에 준해 '감은사터'도 붙여 쓰면 된다. 참고로 '터'는 자리나 장소의 의미를 나타낼 때 앞말에 항상 붙여 쓴다. 사전에서 기호 검색 기능을 잘 활용하면 띄어쓰기를 확인할 때도 큰 도움이 된다.

['＊사터' 검색 결과]

박물관 글쓰기 Q&A
_〈국립중앙박물관 학예연구사 설문조사〉 중에서

국립중앙박물관 전시 용어 개선 사업을 실제 진행했던 학예연구사들의 이야기를 모았습니다. 박물관 글쓰기에 대한 진지한 고민과 어려움을 기탄없이 전달하고자 설문의 형식을 가능한 그대로 활용하였습니다.

ⓆＱ 박물관 글쓰기를 할 때 중점을 두는 점이 있으신가요?
Ⓐ "짧고, 알기 쉽고, 정확하게" 쓰려고 노력하고 있습니다. 학술 용어나 한자 용어 사용을 가능한 한 피하고 쉬운 한글 용어를 사용합니다. 그리고 정확한 정보 전달을 위해 글의 내용과 문법에 오류가 없는 글을 써야 합니다.

우리가 다루는 문화재, 역사의 영역이 일반인의 눈높이에서 대단히 학술적이고, 전문적인 것으로 느껴지기 때문에 전시품 용어를 일반 대중에게 쉬우면서도 정확하게 전달할 수 있도록 하는 것이 중요할 것 같습니다. 그리고 다양한 연령층이 모두 이해할 수 있는 글인지, 핵심 내용은 정확하게 전달되고 있는지, 전시에서 전달되는 수많은 정보 속에서 호기심을 유도할 수 있는 문장인지도 생각하면서 글을 작성해야 합니다.

따라서 읽는 사람들이 내용을 바로 알 수 있도록 가능한 문단의 핵심을 첫 문장이나 앞쪽에 배치한다든지, 관람객의 흥미를 끌 수 있는 키워드를 적절한 위치에 배치하는 등의 노력을 지속하고 있습니다.

Q 전시 원고의 성격(패널, 도록, 리플릿, 영상 자막 등)에 따라 특별히 고려하는 점이 있으신가요?

A 패널은 전시 방향과 목적, 전시품 전체에 대한 가이드라인을 제시하는 글입니다. 따라서 가장 이해하기 쉽도록 짧게 압축하되 최대한 많은 사람이 쉽게 알 수 있도록 작성합니다.

도록은 전시품의 사진을 함께 편집하고 해당 유물에 대하여 자세하게 설명하기 때문에 상대적으로 전문적인 정보를 다룹니다. 학술서와 대중서의 중간적인 위치라고도 할 수 있을 것 같습니다. 전시품의 사진과 함께 수록된다는 점에 유의하면서 그 특성을 잘 살릴 수 있도록 작성합니다. 그리고 더욱 학술적이고 세부적인 정보 제공을 위해 관련 전문가의 칼럼 등을 별도로 수록하기도 합니다.

리플릿은 주요 작품을 소개하고 전시에서 무엇을 보여 주고 있는지를 핵심적으로 요약하여 작성합니다.

전시의 상황이나 콘셉트에 따라 다를 수 있지만 리플릿-패널-도록 원고의 순으로 전문성을 더해 나가는 경우가 일반적입니다.

Q 박물관 글쓰기에서 가장 어려운 점은 무엇일까요?

A 다양한 관람객의 수준에 맞는 "쉽고, 정확하게"의 범위를 규정하기가 쉽지 않습니다. 글을 작성하는 큐레이터에게 일상적인 표현들이 관람객들에게 어떻게 느껴질 것인지를 스스로 인지하기가 어려워서 망설이게 되는 경우가 많습니다. 같은 맥락에서 학술성과 대중성의 적절한 조화를 위해 노력하지만 학술적인 면에 치중하면 "어렵다, 재미없다"는 비판에, 너무 대중적이면 "내용이 없다"는 비판에 직면하는 경우가 종종 있습니다.

또 이해하기 쉽게 쓰려면 부득이 문장이 길어지기도 하고 이에 제공할 수 있는 정보량이 줄어들기도 합니다. 한정된 분량 속에서 대중성과 전문성의 균형을 잡는 것이 쉽지 않은 부분입니다.

Q 박물관 글쓰기가 나아가야 할 방향은 무엇일까요?

A 이 질문에 대하여 압도적으로 많은 분이 "쉽고, 재미있는 글"이라고 답하였습니다. 많은 관람객이 박물관을 어렵게 느끼는 이유 중 하나가 어려운 용어와 딱딱한 글, 그리고 어딘지 모르게 가르치려 하는 느낌의 문장 때문일 수 있습니다. 관람객이 친근하고 재미있게 느낄 수 있는 이야기식의 글쓰기, 소장품 소개 내용을 읽고 우리 문화유산에 대한 궁금증을 유발할 수 있는 방식의 글쓰기가 바람직하다고 생각합니다.

나이, 성별, 국적 등 다양한 박물관 관람객들이 쉽게 이해할 수 있도록 하면서도 전시에 대한 정보를 충분히 제공할 수 있어야 합니다.

박물관 글쓰기에는 다양한 형태와 장르가 존재합니다. '정확한 정보 전달이 필요한 글', '아름다운 표현이 중요한 글', '담담하게 진심을 담아야 하는 글', '많은 사람이 공감할 수 있도록 작성해야 하는 글' 등 매우 다양합니다. 필요한 상황에 가장 적합한 글을 인식할 수 있는 능력과 이것을 글쓰기로 정확하게 풀어낼 수 있는 능력, 결국 '적합한 상황의 정확한 글쓰기'도 박물관 글쓰기가 목표로 해야 할 지향점이라고 생각합니다.

Ⓠ 박물관 글의 어떤 점이 개선되거나 논의되면 좋을까요?

Ⓐ 학술성과 대중성을 균형 있게 전달할 수 있을지에 대한 고민들을 공유하고 의견을 나눌 수 있는 자리가 있었으면 좋겠습니다. 그리고 각각의 박물관 글에 대한 관람객과 학계의 반응도 함께 논의될 수 있다면 보다 발전적인 개선점을 찾을 수 있지 않을까요?

그리고 정형화된 박물관 글쓰기의 구성에 대해서도 고민해보아야 할 시점이라고 생각합니다. 전시 패널의 경우 정도의 차이는 있지만 '프롤로그(전시개요)-주제 패널(대패널)-중패널-소패널-에필로그(전시를 마치며)'처럼 이런 획일적인 틀에서 크게 벗어나지 않습니다. 박물관 글이 형식에 얽매이지 않고 다양화된다면 상황에 맞게 쉽고 재미있는 글, 전문성이 필요한 글들을 구분하여 활용할 수 있는 형태도 가능하지 않을까 생각합니다.

생각보다 생각할 것이 많은
박물관 글쓰기

국립박물관에서는 유물의 명칭이나 전시품의 용례 정비 사업을 오래전부터 진행해왔다. 주로 전시품의 명칭을 대상으로 한 사업으로 학계에서도 연구자에 따라 다르게 쓰는 명칭을 통일하거나 일본식 표현, 한자어 표현을 쉽게 풀어 쓰기 위한 목적이었다. 1965년 간행된 국립박물관총서 갑 제2『미술·고고학용어집: 건축편』(을유문화사)을 시작으로『고고학미술사용어 審議資料』(1979, 한국고고미술연구소), 『한국고고학개정용어집』(1984, 한국고고미술연구소) 등 시기별로 고민을 계속해왔다. 박물관을 현재의 위치로 이전하여 2005년 개관한 후에는 새롭게 마련되는 전시실의 용어를 정비했다. 그 결과물 중 하나가 미술부를 주축으로 진행한『국립중앙박물관 전시용어-미술사』(2006)다.

이 책은 정보의 정확성뿐 아니라 용산 개관 이후 더 확대된 관람객의 수요를 대비한 기획이었다. 미술부를 중심으로 각 상설전시실의 구성에 따른 장르별 유물 명칭의 표준안을 만들기 위해 다양한 전문가의 자문회의를 진행했다. 주안점을 둔 것은 학술 용어 위주의 전문 설명을 쉽게 풀어 쓰기 위한 기준을 마련하는 것이었다. 어려운 전공 용어, 한자식 명칭, 일본식 명칭을 가능한 줄이고 설명 카드와 해석의 형식을 제안했다. 중학생 수준의 관람객이 이해할 수 있는 내용을 기준으로 삼았다. 가능한 한글 용어를 쓰고 한자 명칭은 유물 자체에 제목이 명기되어 있거나 문헌이나 기록에 해당 명칭의 관련 근거가 있는 경우 등에 제한적으로 사용하고자 했다.

이후 간행된 『2015 국립중앙박물관 전시품 명칭 용례집』(연구기획부)이나 문화재청에서 간행한 『2019년 문화재명칭 영문 표기 용례집』 등도 이러한 노력의 일환이다. 국공립 박물관에서도 부여박물관을 주축으로 한성백제박물관, 국립광주박물관, 국립전주박물관, 국립공주박물관, 국립청주박물관, 국립제주박물관, 국립춘천박물관, 국립나주박물관, 국립익산박물관이 힘을 모아 『마한·백제관 박물관 전시용어집』을 간행했다.

언어는 생명체처럼 진화한다. 유행과 시대의 흐름을 따라야 하는 것이 있고, 그럼에도 유지되고 지켜야 하는 것이 있다. 어떤 측면에서는 힘의 헤게모니에 따라 항상 고정되거나 불변하는 것은 아니다. 비단 전시 용어에 한정되지 않으면서도 미술관에서 책이나 도록, 보고서를 출판하는 데 필요한 지침과 기준이 필요하다면 『국립현대미술관 출판 지침』(2019)을 참고할 수 있다.

그럼에도 불구하고
원칙이 있어야 한다

1. 『2015 국립중앙박물관 전시품 명칭 용례집』, 국립중앙박물관, 2015
2. 『한눈에 알아보는 문화재 안내문 바로 쓰기』, 문화재청·국립국어원, 2016
3. 『문화재 주변 시설물 등에 대한 공공디자인 지침』, 문화재청 예규 제114호, 2012

기타 박물관 용어 관련
추천 도서

1. 『유물 용어해설』, 창덕궁사무소, 1991
   - 창덕궁 소장 유물을 주대상으로 함. 창덕궁 소장 유물은 명칭이 한자 또는 고어로 되어 있어 이를 해설함.
   - 국사사전, 국어사전, 한한사전 등 자료를 활용. 주로 국사사전을 참고.

2. 『문화재 기본 용어 해설 및 실무요약』, 문화재관리국, 1997
   - 문화재의 이해를 돕기 위한 기본적인 용어 해설 및 문화재 수리에 있어 유의 사항과 문화재 보수공사 현장 점검

요령 등을 수록.

- 용어는 한국건축사전과 교육 교재 등에 수록된 내용 위주로 편집.

3. 『문화재용어 순화안』, 문화재청, 1999

- 1999년 당시 사용되던 문화재 용어 중 가장 유물에 잘 어울리는 모범적인 단어들을 선별하여 그것을 기준으로 삼으면서 다른 용례들도 바꿀 수 있는 가능성에 대해 다각적으로 검토.
- 기존 문화재 용어들이 대부분 한자라서 한글로 표기할 때 의미 전달이 불가능한 것이 많으므로 이를 한글화시키는 작업까지 반영.
- 북한의 문화재 용어들이 이미 남한과 차이를 보이고 있어 통일안을 제시.
- 고고학, 민속학, 건축사, 미술사 총 4개 분야로 제시.
- 분야/순화안/한글/한자/북한표기/영문표기/용어해설 순서로 제시.

4. 『쉽게 고친 문화재용어 자료집』, 문화재청, 2000

- 고고학, 민속학, 건축사, 미술사 4개 분야에서 1,178개를 선택하여 다룸.
- 현행 교과서 및 문화재 관계 일반 교양서 그리고 문화재 안내 표지판에 사용되고 있는 용어들을 대상으로 함.

- 어려운 한자어와 일본식 어투로 남아 있는 문화재 용어, 북한의 문화재 용어와 많은 차이를 보이고 있는 용어를 선정.
- 순화대상용어(한자)/순화용어/뜻풀이/영문표기 순.

5. 『한국문화재용어사전』, 한림출판사, 2004

- 건축학, 고고학, 미술사, 민속학 4개 분야에서 2,824개를 선택하여 다룸.
- 문화재 관련 일반 도서나 문화재 안내문 등에 자주 사용되는 용어로 선정.
- 표제용어/한자/로마자표기/분야표시 아이콘/국문해설/영문표기/영문해설 순.

6. 『2019년 문화재명칭 영문 표기 용례집』, 문화재청, 2019

- 문화재 명칭에 대한 통일된 영문 표기 기준을 정하여 문화재 지식정보의 전달, 교육, 홍보 그 밖에 문화재 관리 분야의 행정적·사회적 혼란을 방지하고 국내외로 활용의 증진을 기하고자 함.
- 우리 문화재의 세계화를 위하여 고유한 국문 문화재 명칭은 가능한 보존.
- 우리 문화재의 효과적인 의미 전달을 위하여 보통명사는 의미역으로 표기하고, 고유명사는 단어 전체를 로마자로 표기하거나 로마자 표기와 의미역 표기를 병행함.

7. 『2015 국립중앙박물관 전시품 명칭 용례집』, 국립중앙박물관, 2015

  - 국립중앙박물관 전체 소장품 가운데 2015년 7월 상설 전시실에 전시한 소장품의 한글과 한자, 영문 명칭을 수록.
  - 고고 분야와 역사 분야, 미술 분야로 구분. 세부적으로 고고 분야는 시기별, 역사와 미술 분야는 주제별로 구분. 세부 분야별 명칭은 가나다순으로 정리.
  - 부록에 전시 관련 용어 표기, 전시 설명 카드 작성 기준, 국립박물관 소장품 분류 코드, 국어 로마자 표기법(국립국어원), 문화재 명칭 영문표기 기준 규칙(문화재청).

8. 『한국미술사전』, 대한민국예술원, 1985

  - 선사시대부터 현대까지 우리나라 미술의 주요 작품·작가·유적·용어·단체 및 기타 관련 사항 수록.
  - 생존 인명의 경우 1926년 이전 출생한 사람만을 원칙으로 함.
  - 편찬 방향과 서술 방식은 일반인이 쉽게 이해할 수 있도록 간명하고 평이한 한글 표기를 원칙으로 함. 필요한 경우에는 한자와 로마자를 ( ) 안에 넣었으며 인용문은 원문을 그대로 적는 것을 허용.

9.『세계미술용어사전』, 월간미술, 1999

- 미술 감상과 연구에 필요한 기본적이고 핵심적인 미술 용어 2천여 항목을 수록.

- 회화와 조각에 중점을 두고 판화·공예·건축·디자인·사진·미학·미술사까지 망라.

- 용어 해설은 한글 표기를 원칙으로 했으며, 고유명사는 한자나 원어를 괄호 없이 이어서 표기하고, 전문 용어나 어려운 말 등은 필요에 따라 괄호 안에 한자나 원어를 부기.

10.『한국고고학개정용어집』, 한국고고미술연구소, 1984

- 한자 용어 중 지금까지 널리 쓰여 누구나 쉽게 이해할 수 있는 경우는 그대로 사용.

- 각 용어는 기본적인 개념만을 요약.

11.『한국고고학사전』, 국립문화재연구소, 2001

- 한국 고고학을 총괄하는 고고학 일반 편과 한국 고고학의 주요 시대를 망한 구석기시대, 신석기시대, 청동기시대, 철기시대, 고구려 및 발해시대, 백제시대, 신라시대 8개 편의 총 8개 분야로 구분하여 기본적인 용어의 개념 및 시대별 유적 설명.

- 모든 항목의 설명은 참고문헌을 기재.

- 한글 표기를 원칙으로 하되, 한글을 우선하고 ( )에 한자

또는 원어를 병기. 본문 중의 용어는 부득이한 경우를 제외하고 한자어 및 원어로 표기된 것은 그대로 둠.

- 항목명 중 외국 유적명은 원어를 한글 발음으로 표기하고 ( )에 원어 표기. 단, 러시아의 경우 원어 대신 영문 표기.

12. 『마한·백제권 박물관 전시용어집』, 마한·백제권 박물관 네트워크, 2019

- 마한·백제권 유물을 소장, 전시하고 있는 10곳 박물관 협업. (한성백제박물관, 국립광주박물관, 국립전주박물관, 국립부여박물관, 국립공주박물관, 국립광주박물관, 국립제주박물관, 국립춘천박물관, 국립나주박물관, 국립익산박물관.)

- 전시품의 명칭과 설명문, 사진, 전시카드 원고 등을 각 박물관 제공 요약.

- 분야별 가나다순 분류 후 재질순 열거. 재질은 토제·석제(유리-옥-석제)·목제·금속제 순. 재질로 분류가 어려운 경우는 용도로 분류.

④ 국어문화원에 문의하기

2021년 현재 전국에는 국어문화원이 22개가 있다. 국어문화원은 국어기본법에 따라 국민의 국어 능력을 높이고 국어와 관련된 상담을 할 수 있도록 대통령령으로 지정된 기관이다. 국어 전문가와 시설을 갖춘 곳이 심사를 거쳐 선정되므로 국어에 도움이 필요할 때 아래로 연락하면 국어 전문가들의 도움을 받을 수 있다. 지역 곳곳에 있기 때문에 장기적으로 지역 박물관과 연계하면 박물관별로 쉬운 안내문 쓰기를 좀 더 수월하게 진행해 나갈 수 있을 것으로 기대된다.

〔전국 국어문화원 목록〕

강원대학교 한국어문화원

033-250-8137 / kcc.kangwon.ac.kr

(24341) 강원도 춘천시 강원대학길1 강원대학교

인문대학 2호관 309-1호

경북대학교 한국어문화원

053-950-7497 / knukorean.knu.ac.kr

(41566) 대구광역시 북구 대학로 80 경북대학교

대학원동 108호

경상국립대학교 국어문화원

055-772-0761 / ckc.gnu.ac.kr

(52828) 경상남도 진주시 진주대로 501

고려대학교 세종국어문화원

044-860-1919 /

https://sejong.korea.ac.kr/mbshome/mbs/sejongurimal/index.do

(30019) 세종특별자치시 세종로 2511 고려대학교

세종캠퍼스

동아대학교 국어문화원

051-200-7180 / kor.donga.ac.kr

(49315) 부산광역시 사하구 낙동대로 550번길 37

인문과학대학 1113호

목포대학교 국어문화원

061-450-6271 / mnukorean.blogspot.com

(58554) 전라남도 무안군 청계면 영산로 1666

교수회관 406호

상명대학교 국어문화원

041-550-5391 / smkorean.org

⟨31066⟩ 충청남도 천안시 동남구 상명대길 31 송백관 213호

세종 국어문화원

02-735-0991 / barunmal.org

⟨03174⟩ 서울특별시 종로구 사직로8길 34, 313호

안양대학교 국어문화원

031-467-0861 / instagram.com/ay_kcc

⟨14023⟩ 경기도 안양시 만안구 삼덕로37번길 22
수봉관 1110-1호

영남대학교 국어문화연구소

053-810-3561 / www.yu.ac.kr/klci/index.do

⟨38541⟩ 경상북도 경산시 대학로 280 영남대학교
국제교류센터 210호

울산대학교 국어문화원

052-259-1911 / uoukorean.ulsan.ac.kr

⟨44610⟩ 울산광역시 남구 대학로 93 14-603호

이화여자대학교 국어문화원

02-3277-3250 / eomun.ewha.ac.kr

(03760) 서울특별시 서대문구 이화여대길 52 문학관 311호

인하대학교 국어문화원

032-860-8394 / inhakorean.or.kr

(22212) 인천광역시 미추홀구 인하로 100 서호관 222호

전남대학교 국어문화원

062-530-0313 / korjnu.kr

(61186) 광주광역시 북구 용봉로 77 전남대학교

사범대학 1호관 209호

전주대학교 국어문화원

063-220-3096 / korean.jj.ac.kr

(55069) 전라북도 전주시 완산구 천잠로 303

전주대학교 교수연구동 805호

제주대학교 국어문화원

064-754-2712 / malgeul.jejunu.ac.kr

(63243) 제주특별자치도 제주시 제주대학로 102

제주대학교 인문대학 1호관 8230호

청주대학교 국어문화원

043-229-8311 / cju-koreanlab.kr

(28503) 충청북도 청주시 청원구 대성로 298

인문사회사범대학 224호

충북대학교 국어문화원

043-261-3450 / korean.chungbuk.ac.kr

(28644) 충청북도 청주시 서원구 충대로 1 N6동 118호

한국방송 국어문화원

02-781-3838 / kbs.co.kr/speak

(07235) 서울특별시 영등포구 여의공원로 13

KBS 아나운서실 한국어연구부

한글문화연대

02-780-5084 / urimal.org

(04157) 서울특별시 마포구 토정로 37길 46, 303호

한남대학교 국어문화원

042-629-7474 / urimal.hnu.kr

(34430) 대전광역시 대덕구 한남로 70 한남대학교

문과대학 3층 38호

한양대학교 한국어문화원

031-400-4513 / hkli.hanyang.ac.kr

(15588) 경기도 안산시 상록구 한양대학로 55

한양대학교 에리카캠퍼스 국제문화관 309-1호

① 단어 바꾸기

1. 나팔 모양의 굽다리 위에 <u>장방형</u> 판을 놓고, 그 위에 말을 탄 무사와 뿔잔 두 개를 붙여서 만들었습니다.

⟹

------

2. 대석단 내부는 기존 목탑(종루 및 경루)이 <u>유실되고</u>, 추정 탑터의 서쪽과 동쪽에 비석을 2기 세웠다.

⟹

------

3. 사리장엄구에서 사리를 담는 사리병은 수정이나 유리처럼 값진 재료로 만들고 금, 은, 동 내함과 외함에 차례로 넣어 탑에 <u>봉안한다</u>.

⟹

------

4. 주로 식기를 만들었는데 지름이 약 15cm, 약 21cm, 약 30cm
   인 <u>원형</u> 접시가 주요 품목이다.

⇒

- -

5. 임진왜란 때 옥천에서 의병을 일으켜 청주를 <u>수복하고</u> 금산
   전투에 참여하여 700 의병과 함께 목숨을 잃었다.

⇒

- -

6. 이렇게 데운 이유는 술을 따뜻하게 만드는 과정에서 술이 <u>소</u>
   <u>실되지</u> 않도록 하기 위함이었습니다.

⇒

- -

7. 유럽 문화가 반영된 델프트 도기만의 <u>스타일을 구축하면서</u>
   델프트 도기는 100여 년간 인기를 누렸다.

⇒

- -

8. 가면 안쪽에 금으로 「兒玉近江步」라는 <u>명문을</u> 쓰고 「天下一
   近江」이라는 도장을 찍었다.

⇒

- -

9. 소조불좌상이 모셔져 있던 네모반듯한 단은 땅속에 매몰되어 있다.

⇒

- -

10. 이 경통은 작은 두루마리 형태의 불교 경전이나 경문(經文)을 넣어 보관하는 원통형 용기로, 뚜껑은 망실되었다.

⇒

- -

11. 이 문서는 1939년에 거론된 일제시대 염가강제 매매에 관한 주민들의 진정서이다.

⇒

- -

12. 무덤 구성은 크게 군집되어 있는 것과 단독으로 조성된 것으로 구분할 수 있습니다.

⇒

- -

13. 1750년경에 만들어진 '해동지도'에는 서원의 위치가 용담현 월계리 황산 삼천동으로 표현되어 있습니다.

⇒

- -

14. 포항 중성리 신라비의 <u>제작 시기는</u> 지증왕 2년(501)으로 추
   정됩니다.

   ⇒

---

15. 부처의 가르침을 다른 이에게 전할 때나 불상의 새로운 도상
   과 <u>제도를</u> 전파하는 데 중요한 역할을 했다.

   ⇒

---

16. 구미에서 발견된 보살상(국보 제183, 184호)은 조각 솜씨가 뛰어
   나 삼국시대 후기 보살상의 <u>모델이</u> 된다.

   ⇒

---

17. 1589년에 도요토미 히데요시가 <u>석조 다리로</u> 고쳐 지었다.

   ⇒

---

18. 우리나라의 대표적인 정원인 소쇄원을 비롯하여 면앙정, 환
   벽당, 서하당, 식영정, 송강정 등이 <u>건립되었다.</u>

   ⇒

---

19. 중근세(中近世)에는 실용성과 아름다움을 담아내는 동시에 종교적 신앙심을 더욱 고취하는 재료로 활용되었습니다.

⇒

----

20. 고대 영산강 유역에서는 해남 군곡리 유적, 나주 장동리 수문 유적과 같은 조개무지에서 골각기가 발견됩니다.

⇒

(모범 답안)

1. 직사각형 2. 없어지고 3. 모신다 4. 둥근 5. 되찾고 6. 없어지지
7. 양식을 만들면서 8. 글씨를 9. 묻혀 10. 없어졌다 11. 일제강점기
12. 여럿이 한데 모여 13. 표시되어 14. 만들어진 시기는 15. 양식을
16. 본보기가 17. 돌다리 18. 세워졌다 19. 드높이는 20. 뼈로 만든
도구

② 문장 다듬기

1. 돌도끼: 신석기 사람들은 돌을 갈아만든 도끼를 나무 막대와 결합해서 사용했습니다. 나무를 자르거나 가공할 때 사용했을 것입니다.

⇒

----

2. 집터에서는 항아리나 바리가 대부분입니다. 민무늬토기의 변천에서 가장 큰 획기는 기원전 9~8세기 송국리유형의 등장입니다.

⇒

----

3. 한반도에서는 고려 시대부터 본격적으로 자기가 생산되었습니다. 초창기에는 중국 청자 제작 기술의 직접적인 영향을 받았지만, 기술적으로나 미적으로 점차 발전하면서 도자기 종주국인 중국도 인정할 만큼 우수한 청자를 만들어냈습니다.

⇒

- -

- -

- -

- -

4. 1976년부터 시작된 수중 발굴은 1984년까지 9년 동안 이루어져 2만 4천여 점이라는 엄청난 양의 문화재가 발굴되었습니다.

⇒

- -

- -

- -

- -

5. 고려청자(高麗靑磁)는 고려(高麗, 918~1392) 왕실과 귀족층이 향유했던 음식문화에 영향을 받으며 제작되었다.

⇒

- -

- -

6. 고려시대에는 소향(燒香, 향에 불을 붙여 연기를 발산하는 것)이 왕실
   과 불교 의례에 이용되었다. 왕실 의례에 향을 피우는 것은 의
   례의 시작을 알리기 위함이었고, 불교에서는 발산하는 향을
   부처님께 설법을 청하는 의미로 사용하였다.

⇒

7. 금강사(金剛寺)는 영주댐 건설로 시작한 발굴조사(2013~2016)
   에서 세상에 처음으로 드러난 고려시대 사찰이다. 사찰 안에
   는 건물이 10여 개소가 있었으며, 우물·보도·계단·배수로·
   담장 등의 시설을 갖추었다.

⇒

8. 사리(舍利)는 열반에 든 부처에서 나온 구슬 모양의 유골이며, 탑(塔)은 사리를 봉안한 무덤이다. 사리갖춤은 사리를 보호하거나 장엄할 목적으로 제작한 용기(容器)를 말한다.

⇒

---

9. 1543년 주세붕(周世鵬, 1495~1554)은 숙수사가 있었던 자리에 백운동서원(白雲洞書院)을 세웠고, 1550년 풍기군수 이황(李滉, 1501~1570)은 '소수서원(紹修書院)'이라는 이름으로 사액을 받았다.

⇒

---

10. 중국 복건성의 건요에서 제작된 흑유완이다. 유약은 잔의 하부와 굽을 제외한 면에 흑유를 두껍게 입혔다. 잔 하부 근처에는 유약이 흘러내려 뭉친 현상이 확인된다. 오랜 기간 사용하여 구연부의 유약이 닳았으며 짙은 갈색을 띈다.

→

---

11. 『겐지모노가타리』 54첩에서 한 장면씩 골라 그 내용을 쓴
고토바가키[詞書]와 함께 그림으로 그려 화첩으로 완성한
것이다. 교토 궁정의 회화를 전담해 그리는 화파인 도사파
[土佐派] 화가가 그린 것으로 인물의 복식과 풍경의 묘사가
정교하고 세밀한 묘사가 특징적이다.

⇒

----

12. '이로에[色繪]'는 유약을 발라 구운 도자기 위에 연질의 안
료로 무늬를 그려 넣고 채색하여 낮은 온도에서 한 번 더 구
워낸 것이다. 소나무는 평안(平安)과 장수(長壽), 대나무는 무
사(無事), 매화는 생기를 의미하여 매우 길상적인 주제를 표
현한 접시다.

⇒

(모범 답안)

1. 돌도끼: 신석기시대 사람들은 돌을 갈아 나무 막대와 결합해서 도 끼를 만들었습니다. 나무를 자르거나 가공할 때 사용했을 것입니다.

2. 집터에서 나오는 것은 대부분 항아리나 그릇입니다. 민무늬토기가 변화하는 과정에서 가장 획기적인 사건은 기원전 9~8세기 송국리 유형이 등장한 것입니다.

3. 한반도에서는 고려시대부터 본격적으로 자기를 만들었습니다. 처 음에는 중국 청자 제작 기술의 영향을 직접 받았지만, 도자기를 만드 는 기술과 미의식이 점차 발전하면서 도자기를 처음 만든 중국도 인 정할 만큼 우수한 청자를 만들어냈습니다.

4. 1976년부터 1984년까지 9년 동안 이어진 수중 작업으로 2만 4천 여 점이라는 엄청난 양의 문화재를 발굴했습니다.

5. 고려청자는 고려(918~1392)의 왕실과 귀족층이 즐겼던 음식 문화의 영향으로 만들어졌다.

6. 고려시대에는 왕실과 불교 의례에 향을 피웠습니다. 왕실 의례에 서 향을 피우는 것은 의례의 시작을 알리는 의미이고, 불교 의례에서

향을 피우는 것은 부처님께 가르침을 청하는 의미입니다.

7. 금강사는 영주 댐을 건설하다 절터가 발견되어 세상에 처음으로 드러난 고려시대 절이다. 절 안에는 건물이 10여 채가 있었으며, 우물, 보도, 계단, 배수로, 담장 등도 있었다.

8. 사리는 열반에 든 부처에게서 나온 구슬 모양의 유골이다. 사리갖춤은 사리를 보호하거나 장엄(부처에게 향이나 꽃을 올려 장식하는 일)하는 데 쓰는 그릇을 말한다.

9. 1543년에 주세붕이 숙수사가 있던 자리에 백운동서원을 세웠고, 1550년에는 풍기 군수 이황이 서원에 이름을 내려 줄 것을 임금에게 청하여 '소수서원'이라는 이름을 받았다.

10. 중국 푸젠성에 있는 가마터 젠야오에서 만든 검은 찻잔이다. 검은 잿물을 잔 아래쪽과 굽을 제외한 면에 두껍게 입혔는데, 잔 아래쪽 근처에는 잿물이 흘러내려 뭉친 자국이 있다. 오랫동안 써서 주둥이 부분은 잿물이 닳아 짙은 갈색을 띤다.

11. 『겐지모노가타리』 54첩에서 한 장면씩 골라 그 내용을 적고 그림을 그려 완성한 화첩이다. 교토궁의 회화를 도맡아 그렸던 화파인 도사파 화가의 작품으로 인물의 복식과 풍경을 자세하게 묘사한 것이 특징이다.

12. '이로에'는 잿물을 발라 구운 도자기 위에 부드러운 물감으로 무늬를 그려 넣고 색을 칠해 낮은 온도에서 한 번 더 구운 것이다. 소나무는 평안과 장수, 대나무는 무사(無事), 매화는 생기를 뜻하여 좋은 운수를 기대하는 마음을 나타낸 접시다.

③ 문단 고치기

〔사례 1〕

유통 경제와 소비

우수한 생산력의 발달을 바탕으로 백제 사람들은 다양한 소비 생활과 문화를 누렸다. 우아한 광택이 나는 귀금속, 옻칠을 한 그릇, 입을 크게 벌린 변기 등은 사비 시기의 화려한 귀족 문화를 보여준다①. 길이와 무게, 부피를 재는 도량형도 그 실물이 확인되었다. 백제 토기는 지역과 시기별로 다양한 용도와 형태를 보이며②, 물레와 가마를 이용해 대량으로 만들어졌다. 도성 내 건물터에서 발견된 규격화된 토기는 토기의 대량 생산과 유통의 모습③을 잘 보여 주고④ 있다.

①　--

②　--

264

③ --

④ --

〔사례 1〕 바로 쓰기

유통 경제와 소비

우수한 기술로 생산력이 높아지면서 백제 사람들은 다양한 소비를 하고 문화 혜택을 누리며 생활했다. 우아한 광택이 나는 귀금속, 옻칠을 한 그릇, 입을 크게 벌린 변기 등은 사비 시기의 화려한 귀족 문화를 보여 준다①. 길이와 무게, 부피를 재는 기구도 그 실물이 확인되었다. 백제인들은 지역과 시기별로 다양한 용도와 형태의 토기를② 물레와 가마를 이용해 대량으로 만들었다. 도성 내 건물터에서 발견된 규격화된 토기를 대량으로 생산하고 유통했던 당시 모습③을 잘 보여 준다.④

(해설)

① 일관성 유지를 위해 본용언과 보조 용언은 원칙에 따라 띄어서 씁니다.

② 더 명확한 의미를 전달하기 위해 어순을 바꿉니다.

③ 의미를 더 명확하게 전달하기 위해 윤문합니다.

④ 일관성 유지를 위해 본용언과 보조 용언은 원칙에 따라 띄어서 쓰고 전체 안내문에서의 표현 일관성을 유지합니다.

〔사례2〕

건축 문화

백제의 뛰어난 건축 기술은 도성과 사찰에서 잘 드러난다. 한성시기① 위례성으로 추정되는 풍납토성의 성벽은 진흙과 모래 등을 번갈아 다져가며② 쌓는 판축법(版築法)③을 사용하여 쌓았다. 이 방식은 백제의 성곽이나 목탑의 기단, 둑 등을 쌓을 때 주로 이용되었다.④ 사비 도성은 천도⑤ 이전부터 도시 계획이 수립되어 방어를 위한 나성(羅城)⑥, 왕궁, 관청 등이 만들어졌다. 특히 도수관⑦을 이용한 체계적인 수도 시설은 당시 건축 기술의 우수성을 알 수 있다.⑧ ⑨ 백제 사찰은 정림사와 왕흥사, 미륵사 등이 대표적이다.⑩ 백제의 우수한 건축 기술과 독창적인 가람⑪ 배치는 일본에 전해져 일본의 건축 발전에 큰 영향을 미쳤다.⑫

① --

② --

③ --

④ --

⑤ --

⑥ --

⑦ --

⑧ _____   _____

⑨ _____

⑩ _____

⑪ _____

⑫ _____

(사례 2) 바로 쓰기

건축 문화

백제의 뛰어난 건축 기술은 도성과 사찰에서 잘 드러난다. 한성 시기① 위례성으로 추정되는 풍납토성의 성벽은 진흙과 모래 등을 번갈아 다져 가며② 쌓는 방식으로 만들어졌다.③ 이 방식은 백제의 성곽이나 목탑의 기단, 둑 등을 쌓을 때 주로 이용되었다.④

백제는 도읍을 옮기기⑤ 전부터 도시 계획을 세우고, 사비 도성에 방어를 위한 나성⑥, 왕궁, 관청 등을 만들었다. 특히 물길이 일정한 방향으로 흐르도록 만든 체계적인 수도 시설⑦은 당시 건축 기술의 우수성을 보여 준다.⑧⑨

백제를 대표하는 절에는 정림사와 왕흥사, 미륵사 등이 있다. 이 절들은⑩ 백제의 우수한 건축 기술과 독창적인 건물⑪ 배치 방식을 보여 준다. 백제의 절 건축 기술은 이후⑫ 일본에 전해져 일본의 건축 발전에 큰 영향을 미쳤다.

(해설)

① 띄어쓰기 오류를 바로잡습니다.

② 일관성 유지를 위해 본용언과 보조 용언은 원칙에 따라 띄어서 씁니다.

③ 지나치게 어려운 전문 용어를 삭제하고 중복되는 어휘를 피

하기 위해 윤문합니다.

④ 의미 관계를 고려하여 문단을 나눕니다.

⑤ 더 쉬운 우리말로 바꿉니다.

⑥ 안내문에서는 특별한 경우에만 한자를 함께 표기합니다.

⑦ 어려운 용어이므로 본문에 뜻을 풀어서 씁니다.

⑧ 서술 표현의 일관성을 유지하기 위해 윤문합니다.

⑨ 의미 관계를 고려하여 문단을 나눕니다.

⑩ 더 자연스러운 문장으로 윤문합니다.

⑪ 중학생 수준에서 이해가 가능하도록 설명을 추가합니다.

⑫ 보다 명확한 의미를 전달하기 위해 문장을 나누고 윤문합니다.

〔사례3〕

가야 개관

가야는 발전된 철기 생산 능력과 양호한 해운① 입지 조건을 바탕으로 주변 지역과 교역하며 성장했다. 이른 시기에는 금관가야가 중심이 되어 북방의 선진 문물을 받아들였고, 바닷길을 이용해 낙랑(樂浪)②, 왜③ 사이의 원거리④ 교역의 중계지⑤로서 큰 역할을 하였다. 5세기 이후부터는 대가야가 중심이 되어 세력을 크게 떨쳤으며 아라가야, 소가야 등이 함께 발전했다.

가야에서 출토되는 부드러운 곡선미를 지닌 다양한 종류의 토기와 금속 공예품, 구슬 장신구, 철제 판갑옷 등에는 가야 문화의 다양성이 고스란히 담겨 있다. 가야 지배자의 무덤에서 확인되는 다채로운 유물과 순장 풍습 등은 당시 가야가 백제, 신라와 힘을 겨룰 만큼 발전하였음⑥을 보여 준다.

① _____

② _____

③ _____

④ _____

⑤ _____

⑥ _____

〔사례 3〕 바로 쓰기

가야 개관

가야는 발전된 철기 생산 능력과 해운에 유리한① 입지 조건을 바탕으로 주변 지역과 교역하며 성장했다. 이른 시기에는 금관가야가 중심이 되어 북방의 선진 문물을 받아들였고, 바닷길을 이용해 낙랑②과 왜(지금의 일본)③ 사이의 먼 거리④ 교역을 이어주는 중간교역 지대⑤로서 큰 역할을 했다. 5세기 이후부터는 대가야가 중심이 되어 세력을 크게 떨쳤으며 아라가야, 소가야 등이 함께 발전했다.

부드러운 곡선이 아름다운 다양한 토기와 금속 공예품, 구슬 장신구, 철제 판갑옷 등에는 가야 문화의 다양성이 고스란히 담겨 있다. 지배자의 무덤에서 확인되는 다채로운 유물과 순장 풍습 등은 당시 가야가 백제, 신라와 힘을 겨룰 만큼 발전한 나라였음⑥을 보여 준다.

(해설)

① 더 쉬운 용어로 대체합니다.

② 안내문에서는 특별한 경우에만 한자를 함께 표기합니다.

③ 표현의 일관성을 유지하기 위해 현재 명칭을 추가합니다.

④ 더 쉬운 말로 바꿉니다.

⑤ 더 쉬운 말로 윤문합니다.

⑥ 의미를 보다 명확하게 전달하기 위해 윤문합니다.

〔사례 4〕

쇠(鐵)①를 부려 나라를 지키다.②

가야는 각 지역을 중심으로 여러 개의 소국③이 공존했으며 지리적으로 백제와 신라 사이에 위치하여 수많은 전쟁을 치르며 성장했다. 철 자원이 풍부했던 가야는 이른 시기부터 북방 유목민족과 고구려를 통해 발달된④ 철기 문화를 받아들여 실용적인 군사 장비를 만들었다. 가야는 각종 철제 무기와 방어구⑤를 대량으로 생산하여 군사력을 발전시켰으며 철기로 무장한 기마병을 앞세워 주변 나라의 침략에 대응하고 영토를 확장시켜⑥ 세력을 확대해 나갔다⑦.

① --

② --

③ --

④ --

⑤ --

⑥ --

⑦ --

〔사례 4〕 바로 쓰기

쇠①를 부려 나라를 지키다②

가야는 각 지역에 여러 개의 작은 나라가③ 공존했다. 지리적으로 백제와 신라 사이에 위치하여 전쟁을 많이 치르며 성장했다. 철 자원이 풍부했던 가야는 이른 시기부터 북방 유목민족과 고구려로부터 발달한④ 철기 문화를 받아들여 실용적인 군사 장비를 만들었다. 가야는 여러 철제 무기⑤를 대량으로 생산하여 군사력을 발전시켰다. 또한 철기로 무장한 기마병을 앞세워 주변 나라의 침략에 맞서고 영토를 확장하며⑥ 세력을 키워 나갔다.⑦

(해설)

① 안내문에서는 특별한 경우에만 한자를 함께 표기합니다.

② 제목에는 마침표를 찍지 않습니다.

③ 쉬운 말로 바꿉니다.

④ 의미를 보다 명확하게 전달하기 위해 윤문합니다.

⑤ '무기'에 '방어구'가 포함됩니다.

⑥ '확장하다'라는 동사에 이미 사동의 의미가 포함되어 있습니다. 어휘의 오류를 바로잡습니다.

⑦ 지나치게 긴 문장을 나누고 윤문합니다.

〔사례5〕

세련된 장신구

가야의 장신구에는 관(冠)①, 귀걸이, 목걸이, 팔찌 등이 있으며② 다양한 공예기법③으로 세련되게 만들었다. 거푸집을 쓰거나 표면을 두드려 둥글고 가는 형태를 만들었고, 무늬를 새기고 금과 은을 입혀 장식했다.

가야의 관은 고령 지산동에서 출토된 풀꽃 모양 세움 장식이 있는 금관과 광배(光背)④ 모양 세움 장식이 달린 금동관이 대표적이다. 귀걸이는 주된 고리가 얇고⑤ 중간 장식이 둥글며 산치자모양⑥이나 나뭇잎모양⑦ 끝장식을 다는 것이 일반적인 형태이다⑧. 이와 더불어 유리·수정·마노와 같은 광물을 가공해 만든 구슬 목걸이가 많은 것이 특징⑨이다.

① --

② --

③ --

④ --

⑤ --

⑥ --

⑦ --

⑧ --

⑨ --

〔사례 5〕 바로 쓰기

세련된 장신구

가야의 장신구에는 관①, 귀걸이, 목걸이, 팔찌 등이 있다. 가야 사람들은 이 장신구를② 다양한 공예 기법③으로 세련되게 만들었다. 거푸집을 쓰거나 표면을 두드려 둥글고 가는 형태를 만들고, 무늬를 새기고 금과 은을 입혀 장식했다.

가야의 관은 고령 지산동에서 출토된 풀꽃 모양 세움 장식이 있는 금관과 광배④ 모양 세움 장식이 달린 금동관이 대표적이다. 귀걸이는 주된 고리가 가늘고⑤ 중간 장식이 둥글다. 귀걸이 끝에는 치자 열매 모양⑥이나 나뭇잎 모양⑦의 장식이 달린 것이 많다.⑧ 이와 더불어 유리·수정·마노와 같은 광물을 가공해 만든 구슬 목걸이가 많은 것도 가야 장신구의⑨ 특징이다.

(해설)

① 안내문에서는 특별한 경우에만 한자를 함께 표기합니다.

② 의미를 더 명확하게 전달하기 위해 문장을 나누고 윤문합니다.

③ 띄어쓰기 오류를 바로잡습니다.

④ 특별한 경우가 아니면 안내문에서는 한자를 표기하지 않습

니다.

⑤ 부적절한 어휘를 바로잡습니다.

⑥ 띄어쓰기 오류를 바로잡습니다.

⑦ 띄어쓰기 오류를 바로잡습니다.

⑧ 의미를 더 명확하게 전달하기 위해 문장을 나누고 윤문합
니다.

⑨ 의미를 더 명확하게 전달하기 위해 어휘를 추가합니다.

박물관의
글쓰기

ⓒ 국립중앙박물관·국립박물관문화재단 2023

초판 1쇄 | 2023년 8월 30일
초판 2쇄 | 2024년 12월 23일

기획 | 국립중앙박물관 국립박물관문화재단
지은이 | 정명희 이동관 이진민 양성혁 정미연
　　　　 허형욱 김형배 신다원 박찬희 김형주

펴낸이 | 정미화　**기획편집** | 정미화 이호석　**디자인** | 형태와내용사이
펴낸곳 | 이케이북(주)　**출판등록** | 제2013-000020호
주소 | 서울시 관악구 신원로 35, 913호
전화 | 02-2038-3419　**팩스** | 0505-320-1010　**홈페이지** | ekbook.co.kr
전자우편 | ekbooks@naver.com

ISBN 979-11-86222-52-2 (04800)
ISBN 979-11-86222-51-5 (세트)